Contos de Fadas

CLÁSSICOS E POPULARES
SEM ADAPTAÇÕES E SEM CENSURA

Editora Wish
Coleção Baú de Papel
1ª edição, 2021

TRADUÇÃO Cláudia Mello Belhassof, Felipe Lemos, Kamila França e Ariane Muniz	**REVISÃO** Karine Ribeiro, Clara Madrigano, Jéssica Dalcin e Kamile Girão
CAPA E DIAGRAMAÇÃO Marina Avila	**EDIÇÃO** Valquíria Vlad

1ª edição, 2021 | Capa Dura | Gráfica Ipsis

DADOS INTERNACIONAIS DE CATALOGAÇÃO NA PUBLICAÇÃO (CIP)
(Câmara Brasileira do Livro, SP, Brasil)
Catalogação na fonte: Bibliotecária responsável: Ana Lúcia Merege - CRB-7 4667

C 763
Contos de fadas clássicos e populares : sem adaptação e sem censura / curadoria de Marina Avila. - São Caetano do Sul, SP: Wish, 2021. - (Coleção Baú de Papel)
192 p. : il.
Vários autores. Vários tradutores.

ISBN 978-65-88218-41-9 (Capa dura)

1.Contos de fadas 2. Literatura infantojuvenil 3. Antologia (Contos de fadas) I. Avila, Marina

CDD 398.2

ÍNDICE PARA CATÁLOGO SISTEMÁTICO:
1.Contos de fadas 398.2 2. Literatura infantojuvenil 028.5

EDITORA WISH
www.editorawish.com.br
Redes Sociais: @editorawish
São Caetano do Sul - SP - Brasil

© **Copyright 2021.** Este livro possui direitos de publicação, tradução e projeto gráfico reservados e não pode ser distribuído ou reproduzido, ao todo ou parcialmente, sem prévia autorização por escrito da editora.

A vida é o mais belo dos contos de fadas

HANS CHRISTIAN ANDERSEN

Sumário

AUTORES 08

INTRODUÇÃO 12

A BELA E A FERA 14

Jeanne-Marie Leprince de Beaumont

A PEQUENA SEREIA 33

Hans Christian Andersen

A BELA ADORMECIDA 65

Jacob e Wilhelm Grimm

CINDERELA 70

Jacob e Wilhelm Grimm

BRANCA DE NEVE 81

Jacob e Wilhelm Grimm

CHAPEUZINHO VERMELHO 94

Charles Perrault

O BRAVO SOLDADO DE CHUMBO _____ 98

Hans Christian Andersen

RAPUNZEL _____ 105

Jacob e Wilhelm Grimm

ALADDIN E A LÂMPADA MARAVILHOSA _____ 110

Antoine Galland

OS TRÊS PORQUINHOS _____ 130

Joseph Jacobs

JOÃO E MARIA _____ 135

Jacob e Wilhelm Grimm

O GATO DE BOTAS _____ 145

Charles Perrault

O PRÍNCIPE SAPO _____ 152

Jacob e Wilhelm Grimm

JOÃO E O PÉ DE FEIJÃO _____ 158

Joseph Jacobs

O ALFAIATE VALENTE _____ 168

Jacob e Wilhelm Grimm

AS DOZE PRINCESAS BAILARINAS _____ 181

Jacob e Wilhelm Grimm

A PRINCESA E A ERVILHA _____ 187

Hans Christian Andersen

Autores

Gênios do passado que
ajudaram a perpetuar a
literatura fantástica

Hans Christian Andersen

Hans Christian Andersen foi um escritor e poeta dinamarquês de histórias infantis. Diferente dos recontadores de histórias, Andersen criava seus próprios contos de fadas. Sua infância foi marcada pela pobreza e, aos onze anos, precisou trabalhar para se sustentar. Na escrita, foi considerado a "primeira voz autenticamente romântica a contar histórias infantis".

Jacob & Wilhelm Grimm

Conhecidos como Irmãos Grimm, foram acadêmicos, linguistas, poetas e escritores alemães. Os folclores e contos de fadas coletados tinham origens populares e a intenção dos irmãos era, numa era de industrialização, resgatar o interesse da população pelas histórias tradicionais. Ao todo, eles publicaram mais de 200 contos, traduzidos hoje para mais de 100 países.

Charles Perrault

Escritor e poeta francês, Perrault foi um dos primeiros a publicar contos de fadas e oferecer um acabamento literário para as obras. Seus pais eram nobres, mas Charles trabalhou durante toda sua vida. Apenas idoso, aos 67 anos, começou a registrar as histórias que ouvia nos salões parisienses. Seu primeiro livro de contos de fadas chamava-se "Contos da mamãe gansa" e foi publicado em 1697. Perrault sempre adicionava uma moral no final de seus contos.

Joseph Jacobs

Jacobs foi um folclorista e historiador australiano que viveu na Inglaterra. Estudioso do vasto folclore inglês, coletou e pesquisou histórias de tradição oral e publicou os "Contos de fadas ingleses" em 1890. Suas outras obras incluem coleções de contos de fadas celtas, uma coleção de contos de fadas indianos, uma edição das fábulas de Esopo, e um livro de viagens. Foi um importante estudioso e editor de obras e cultura judaica.

Jeanne-Marie Leprince de Beaumont

Conhecida como Madame de Beaumont, foi uma autora francesa de contos de fadas e escritora de uma das versões de "A Bela e a Fera". Após a morte de sua mãe, foi mentorada por duas mulheres de classe alta, que providenciaram sua educação. Sua carreira de escrita teve sucesso na Inglaterra; um grande feito pois, na época, ainda era difícil conseguir sucesso na área artística sendo mulher.

Antoine Galland

Foi escritor e orientalista francês, especialista em manuscritos antigos, línguas orientais e moedas. É o primeiro tradutor europeu de "As Mil e Uma Noites". A adição de "Aladdin" ocorreu após Antoine ouvir a história de Hanna Diyab, um contista sírio, e incorporou o enredo na obra.

HISTÓRIAS CLÁSSICAS E IMORTAIS

Introdução

OS CONTOS CLÁSSICOS E ANTIGOS datam de centenas, talvez milhares de anos antes da produção em massa da mídia impressa — como livros, jornais e periódicos —, sendo propagados oralmente e alterados à escolha do próprio contador de histórias.

Próximo a 1450 d.C., houve uma revolução na forma como o mundo consumia histórias e conhecimentos. Nesse século foram criadas as primeiras prensas móveis por Johannes Gutenberg, uma espécie de impressora medieval, e esta invenção praticamente transformou séculos de trevas em uma era de luz. A partir desta revolução, as histórias orais ou manuscritas começaram a ser impressas em grandes tiragens e vendidas, ainda que a custos altos, a bibliotecas e ao público.

É de se esperar, então, que os primeiros registros impressos de contos de fadas, que mantêm-se legíveis até hoje, datem de 1600 a 1900. São edições francesas, alemãs, dinamarquesas, italianas, asiáticas, árabes, nórdicas, russas e inglesas.

Algumas versões são ainda mais antigas que as selecionadas para a coleção, mas perderam o sentido *clássico* dos enredos conhecidos. Por isso, preferimos nos ater aos escritores de maior renome, como Perrault, Andersen, Grimm e Jacobs e suas técnicas narrativas. É possível encontrar inúmeras versões do mesmo enredo em todas as regiões mundiais, tornando a investigação muito rica para pesquisadores. Nesta seleção, escolhemos os contos mais famosos já publicados, e que foram transportados de diversas formas para séries, recontações em livros e adaptações cinematográficas.

Muitos destes contos clássicos foram traduzidos de forma fiel para o inglês, que possui os melhores exemplares impressos, ilustrados e disponíveis para leitura. Mesmo assim, foram verificados detalhes das versões em seus idiomas primários para que as histórias sejam o mais próximas possíveis das publicadas três ou quatro séculos atrás.

Como mantivemos alguns costumes de escrita e expressões dos autores, cada conto é bastante diferente dos demais, variando também em profundidade de enredo ou alterações para as versões cinematográficas. Por vezes, são narrativas mais sombrias, delicadas, religiosas ou complexas que as remodeladas pela indústria audiovisual, mas igualmente encantadoras.

É interessante notar que alguns contos têm origens em tradições orais, enquanto outros foram criados pelos próprios autores.

Cada história foi escolhida com capricho em uma vasta pesquisa. Por isso, esperamos que curta esta viagem ao passado.

Carinhosamente, Equipe Wish

A Bela e a Fera

JEANNE-MARIE LEPRINCE DE BEAUMONT

La Belle et la Bête | França | 1756

ERA UMA VEZ UM RICO MERCADOR que tinha seis filhos: três meninos e três meninas. Sendo um homem sensato, não poupou despesas na educação das crianças e deu-lhes todo tipo de professores. Suas filhas eram lindas, especialmente a mais nova; quando ela era pequena, todos a admiravam e a chamavam de *A Pequena Bela*. Conforme cresceu, ainda respondia pelo nome de *Bela*, o que deixava suas irmãs com muita inveja[1]. A mais jovem, além de muito bonita, era melhor que suas irmãs. As duas mais velhas tinham muito orgulho por serem ricas. Eram presunçosas ao tentarem impressionar; não visitavam outras filhas de mercadores e nem mantinham a companhia de ninguém,

---

[1] Não é incomum encontrar, nos contos antigos, histórias com rivalidade feminina, principalmente envolvendo a beleza sendo interligada à bondade e humildade. [N.E.]

exceto pessoas de qualidade. Saíam todos os dias para festas aprazíveis, bailes, peças e concertos, e riam de sua irmã mais nova porque ela passava a maior parte de seu tempo lendo bons livros. Como era sabido que as garotas teriam grandes fortunas, muitos mercadores eminentes procuravam-nas, mas as mais velhas diziam que jamais se casariam, a menos que fosse com um Duque, ou um Conde, no mínimo. Bela, muito civilmente, agradecia àqueles que a cortejavam, contudo dizia-lhes que era ainda muito jovem para se casar e escolhia ficar com seu pai ainda mais alguns anos.

De uma vez só, o mercador perdeu toda a sua fortuna, exceto uma pequena casa-de-campo muito distante da cidade. Ele disse a seus filhos, com lágrimas nos olhos, que deveriam trabalhar lá para seu sustento. As duas mais velhas disseram que não deixariam a cidade, pois tinham muitos pretendentes que, tinham certeza, ficariam felizes em casarem-se com elas, mesmo ambas não tendo mais fortuna; mas nisso estavam enganadas, pois foram abandonadas em sua pobreza. Como as duas não eram amadas por conta de seu orgulho, todos diziam:

— Elas não merecem nossa pena. Estamos felizes por vê--las humilhadas. Que tentem impressionar os nobres quando ordenharem as vacas e se ocuparem dos laticínios. Mas — acrescentavam — estamos muito preocupados com a Bela. Ela era uma criatura tão charmosa, de temperamento doce, que falava tão bem com os pobres; tinha um caráter tão afável e meigo!

De fato, muitos cavalheiros teriam se casado com ela, mesmo sabendo que não tinha um tostão; mas ela lhes dissera que não pensaria em deixar seu pobre pai em apuros e estava determinada a ir com ele para o campo, a fim de consolá-lo e ajudá-lo. A pobre Bela, inicialmente, ficou triste com a perda de sua fortuna...

A BELA E A FERA

— ...Mas — dizia a si mesma — mesmo que eu chorasse muito, isso não faria as coisas melhorarem. Devo tentar fazer-me feliz sem precisar das posses.

Quando eles chegaram à casa-de-campo, o mercador e seus três filhos ocuparam-se da agricultura e da lavoura. Bela levantava-se às quatro da manhã e se apressava em limpar a casa e deixar o café-da-manhã pronto para a família. No começo, ela achou tudo muito difícil, pois não estava acostumada a trabalhar como uma serva, mas em menos de dois meses ficou mais forte e saudável do que nunca. Depois de concluir seu trabalho, ela lia, tocava o cravo, ou então cantava enquanto fiava. Ao contrário dela, suas duas irmãs não sabiam como passar seu tempo; levantavam às dez e não faziam nada exceto perambular o dia inteiro, lamentando a perda de suas roupas e companhias finas.

— Olhe só nossa irmã mais nova — diziam uma à outra.
— Que criatura pobre, estúpida e vil ela é para se contentar com essa situação infeliz.

O bom mercador era de uma opinião bem diferente. Ele sabia muito bem que Bela ofuscava as irmãs, em sua pessoa e em sua mente, e admirava sua humildade, diligência e paciência; pois suas irmãs não apenas deixavam-na fazer todo o trabalho de casa, como também a insultavam a cada momento.

A família vivera um ano nesse retiro até o dia em que o mercador recebeu uma carta, com o relato de que um navio, a bordo do qual ele tinha bens, havia chegado a salvo. Essa notícia virou as cabeças das irmãs mais velhas, que imediatamente se empavonaram com esperanças de retornar à cidade. Elas estavam muito cansadas da vida no campo e, quando viram seu pai preparado para partir, imploraram para que ele comprasse novos vestidos, chapéus, anéis e toda sorte de frivolidades. Bela, ao contrário, não pediu nada, pois pensou consigo mesma que todo o dinheiro que seu pai receberia mal seria suficiente para comprar todas as coisas que suas irmãs queriam.

— O que você vai querer, Bela? — perguntou seu pai.

— Já que o senhor é tão bondoso por pensar em mim — respondeu ela —, tenha a bondade de me trazer uma rosa, pois como nenhuma cresce por esta região, são uma raridade.

Não que Bela se importasse com uma rosa, mas pediu por algo para que não parecesse por seu exemplo condenar a conduta de suas irmãs, que teriam dito que ela o fez só para chamar atenção. O bom homem seguiu em sua jornada; todavia, quando chegou lá, questionaram legalmente as mercadorias e, depois de muitos problemas e dores de cabeça sem propósito, voltou tão pobre quanto antes.

Ele estava a cinquenta quilômetros de sua casa, pensando no prazer que teria ao rever seus filhos de novo, quando, em meio a uma grande floresta, perdeu-se. Choveu e nevou terrivelmente e, além disso, o vento era tão forte que o jogou duas vezes de cima de seu cavalo. Com a noite chegando, ele começou a temer morrer de fome ou frio, ou mesmo ser devorado por lobos, que ouvia uivando à sua volta. Então, de repente, olhando por entre um longo caminho de árvores, viu uma luz à distância e, indo um pouco mais adiante, percebeu que vinha de um palácio iluminado do topo à base. O mercador agradeceu aos céus por sua feliz descoberta e apressou-se para o palácio; porém ficou muito surpreso ao não encontrar ninguém nos pátios. Seu cavalo o seguiu e, vendo um amplo estábulo aberto, entrou e encontrou feno e aveia; o pobre animal faminto comeu vorazmente.

O mercador o amarrou à manjedoura e andou até o palácio, onde não viu ninguém; mas, entrando por um grande salão, encontrou uma lareira acesa e uma mesa muito bem servida, com apenas um lugar posto. Como havia tomado muita chuva e neve, aproximou-se do fogo para se aquecer.

— Eu espero — disse — que o mestre deste lugar, ou seus servos, perdoem a minha liberdade. Suponho que não demore até que um deles apareça.

Esperou um tempo considerável, até que o relógio bateu às onze horas e ninguém apareceu. Ele estava com tanta fome que não podia mais resistir: apanhou um frango e o comeu em duas mordidas, tremendo enquanto o fazia. Depois disso, bebeu algumas taças de vinho e, ficando mais corajoso, saiu pelo corredor e cruzou por vários grandes aposentos, de mobília magnífica, até chegar a um quarto que tinha uma cama excelente; e, como estava muito fatigado e já passava da meia-noite, concluiu que era melhor fechar a porta e dormir.

Eram dez horas na manhã seguinte quando o mercador acordou. No momento em que ia se levantar, ficou abismado ao ver um conjunto de belas roupas, do tamanho das suas próprias, que estavam muito estragadas.

— Certamente — disse — este palácio pertence a alguma boa fada, que viu e sentiu pena de minha aflição.

Ele olhou pela janela, mas, em vez de neve, viu os mais encantadores caramanchões, entrelaçados com as mais lindas flores que já contemplara. Então, retornou ao grande salão onde havia jantado na noite anterior e encontrou um pouco de chocolate pronto em cima de uma mesinha.

— Obrigado, boa Madame Fada — agradeceu em voz alta —, por ser tão cuidadosa e me dar um café-da-manhã; fico extremamente grato a você por todos os seus favores.

O bom homem tomou seu chocolate e foi procurar por seu cavalo. Passando por um caramanchão com rosas, lembrou-se do pedido de Bela e pegou um galho no qual havia muitas.

W. HEATH ROBINSON

Imediatamente, ele ouviu um grande barulho, viu uma fera medonha vindo em sua direção e quase desmaiou.

— Você é muito ingrato — rosnou a fera a ele, com uma voz terrível. — Eu salvei a sua vida ao recebê-lo em meu castelo e, em pagamento, você rouba as minhas rosas, que eu estimo mais do que qualquer coisa no universo. Mas você morrerá por isso; dou-lhe não mais que um quarto de hora para se preparar e dizer suas preces.

O mercador caiu sobre os joelhos e levantou as duas mãos:

— Meu senhor — disse —, imploro o seu perdão! De verdade, eu não tinha intenção de ofender ao apanhar uma rosa para uma de minhas filhas, que desejava que eu lhe levasse uma.

— Meu nome não é Meu Senhor — respondeu o monstro —, e sim Fera! Eu não amo elogios, não! Eu gosto de pessoas que falam o que pensam; e então não imagine que me convenço por qualquer de seus discursos bajuladores. Mas você diz que tem filhas; eu o perdoarei, com a condição de que uma delas venha por vontade própria e sofra em seu lugar. Não aceito suas palavras; siga seu caminho e jure que, se sua filha se recusar a morrer em seu lugar, você retornará dentro de três meses.

O mercador não tinha a intenção de sacrificar suas filhas a esse monstro horrendo, mas pensou que, obtendo esse adiamento, poderia ter a satisfação de vê-las uma última vez; então jurou que retornaria e a Fera lhe disse para ir embora quando quisesse.

— Mas — acrescentou — você não partirá de mãos vazias. Volte para o quarto onde dormiu e verá um baú vazio; encha-o de qualquer coisa que quiser e eu o enviarei até a sua casa.

Então, a Fera se retirou.

— Bem — disse o bom homem a si mesmo —, se devo morrer, terei o consolo de deixar ao menos alguma coisa aos meus pobres filhos.

Ele retornou ao quarto e, encontrando uma boa quantidade de pedaços largos de ouro, encheu o grande baú que a Fera mencionara, trancou-o e depois pegou seu cavalo no estábulo, deixando o palácio com tanta tristeza quanto tinha alegria ao entrar. O cavalo, sozinho, tomou um dos caminhos da floresta e, em algumas horas, o bom homem já estava em casa. Seus filhos vieram até ele mas, em vez de receber seus abraços com prazer, ele os olhou e, segurando o galho que trazia nas mãos, começou a chorar:

— Aqui, Bela — disse. — Pegue estas rosas; mas você não sabe o quanto elas custarão ao seu infeliz pai.

Então, ele relatou a sua aventura fatal. Imediatamente, as duas mais velhas lançaram clamores lamentáveis e disseram toda sorte de coisas deselegantes à Bela, que não chorara em momento algum.

— Veja o orgulho dessa infeliz! — exclamaram elas. — Ela não pediu por roupas finas como nós, é verdade; queria ser diferente e agora será o fim de nosso pobre pai! Mesmo assim, ela sequer derrama uma lágrima!

— Por que eu deveria? — rebateu Bela. — Seria muito desnecessário, pois meu pai não sofrerá por minha causa. Já que o monstro aceitará uma de suas filhas, vou me entregar à sua fúria e estou muito feliz ao pensar que a minha morte vai salvar a vida de meu pai e será uma prova de meu terno amor por ele.

— Não, irmã — discordaram os seus três irmãos. — Isso não acontecerá. Nós vamos encontrar o monstro e ou o mataremos, ou morreremos tentando!

— Nem imaginem tal coisa, meus filhos — falou o mercador. — O poder da Fera é tamanho que eu não tenho esperança de que vocês o vençam. Estou encantado com a boa e generosa oferta de Bela, mas não posso concordar. Eu estou velho e não tenho mais muito tempo de vida, então posso perder alguns anos dela pelo que sinto apenas por vocês, minhas doces crianças.

— Na verdade, meu pai — disse Bela —, o senhor não irá ao castelo sem mim. Não pode me impedir de segui-lo.

Não adiantava nada que dissessem, Bela ainda insistia em partir para o belo palácio; e suas irmãs adoraram a ideia, pois sua virtude e qualidades amáveis as deixavam com inveja e ciúmes.

O mercador estava tão aflito com a ideia de perder sua filha que esqueceu completamente o baú cheio de ouro. Mas à noite, quando se retirara para dormir, tão logo fechou a porta de seu quarto, ele o achou ao lado de sua cama. Estava determinado, porém, a não dizer aos filhos que havia ficado rico, porque eles desejariam retornar à cidade e ele não queria deixar o campo; mas confiou à Bela o segredo. Ela o informou que, em sua ausência, dois cavalheiros vieram e cortejaram suas irmãs;

WALTER CRANE, 1874

ela implorou ao pai para consentir os casamentos e dar-lhes a fortuna, pois ela era tão boa que perdoava de coração todas as desfeitas das mais velhas. Essas criaturas malvadas chegaram a esfregar cebola nos olhos para forçar algumas lágrimas quando se despediram da irmã; porém, seus irmãos ficaram preocupados. Bela era a única que não derramou lágrimas ao partir, pois não queria aumentar a aflição deles.

O cavalo tomou a estrada direta para o palácio; e, pela noite, eles o perceberam iluminado como da primeira vez: o cavalo foi sozinho para o estábulo, e o bom homem e sua filha seguiram até o grande salão, onde encontraram uma mesa servida esplendidamente e dois lugares postos. O mercador não tinha vontade de comer, mas Bela se esforçou para parecer animada; sentou-se à mesa e se serviu. Depois, pensou consigo mesma:

A Fera certamente busca engordar-me antes de me comer, já que provê tamanha abundância.

Assim que jantaram, ouviram um grande barulho, e o mercador, aos prantos, deu adeus à sua filha, pois sabia que a Fera se aproximava. Bela estava tristemente aterrorizada por sua forma horrenda, mas tomou tanta coragem quanto podia. O monstro perguntou se ela viera por vontade própria:

— Sim... — respondeu, trêmula.

— Você é muito boa, e fico agradecido a você. Homem honesto, siga seu caminho pela manhã, mas nunca pense em retornar a este lugar. Adeus, Bela.

— Adeus, Fera — ela respondeu, e imediatamente o monstro se retirou.

— Ó, filha! — disse o mercador, abraçando-a. — Estou quase morto de susto. Acredite em mim, é melhor você voltar e me deixar ficar aqui.

— Não, pai — falou Bela, resoluta. — O senhor partirá amanhã de manhã e me deixará aos cuidados e proteção da Providência.

Eles foram para a cama e pensaram que não dormiriam a noite inteira, mas mal se deitaram e caíram em sono profundo. Bela sonhou que uma Linda Dama vinha até ela e dizia:

— Fico contente, Bela, com sua boa vontade; essa sua ação de dar sua própria vida para salvar a de seu pai não será em vão.

Bela acordou e contou seu sonho ao seu pai. Ela achou que isso ajudou a consolá-lo um pouco mais, mas ele não conseguiu deixar de chorar amargamente quando teve de deixar sua querida filha.

Tão logo ele partira, Bela sentou-se no grande salão e também começou a chorar. Todavia, como era uma senhorita de muita determinação, resolveu não ficar apreensiva no pouco tempo que ainda tinha para viver, pois acreditava firmemente que a Fera a devoraria naquela noite.

Contudo, pensou que podia muito bem andar um pouco até então e observar esse belo castelo que não podia deixar de admirar. Era um lugar muito agradável, e ela ficou muito surpresa ao ver uma porta em que estava escrito: "Aposentos de Bela". Ela a abriu depressa e ficou deslumbrada com a magnificência que reinava naquele lugar; mas o que mais chamou sua atenção foi uma grande biblioteca, um cravo, e muitos livros de música.

— Bom — disse a si mesma. — Vejo que não desejam me entediar, já que tenho tanto o que fazer. Se fosse para passar um dia aqui — refletiu —, não haveria necessidade de tanto preparo.

Esse pensamento deu-lhe coragem renovada e, abrindo a biblioteca, pegou um livro e leu essas palavras em letras douradas:

"Bem-vinda, Bela,
Esqueça o medo que te invade.
Aqui é rainha, é senhora;
Diga seus desejos, sua vontade
E serão cumpridos sem demora."

— Infelizmente — suspirou —, não há nada que deseje mais que ver meu pobre pai e saber o que ele faz.

Tão logo disse isso e, ao pôr os olhos em um grande espelho, ela viu sua própria casa, onde seu pai chegava com um ar abatido. Suas irmãs foram encontrá-lo e, inobstante seus esforços para parecerem tristes, sua alegria por ter se livrado de sua irmã era visível em cada gesto. Um momento depois, tudo desapareceu, assim como a apreensão de Bela diante desta prova da complacência da Fera.

Ao meio-dia, ela encontrou o almoço servido e, à mesa, foi contemplada com um excelente concerto musical, ainda que não visse ninguém. Mas à noite, quando ia se sentar para jantar, ouviu o barulho que a Fera fazia e não conseguiu evitar sentir-se aterrorizada.

— Bela — disse o monstro —, não vai me dar permissão de vê-la jantar?

— Como você quiser — concordou Bela, tremendo.

— Não! — respondeu a Fera. — Você é a senhora aqui; precisa apenas pedir que eu vá. Se minha presença é incômoda, eu imediatamente me retirarei. Mas, diga-me, não me acha muito feio?

— É verdade — disse Bela —, pois não posso mentir. Porém, acredito que você é bondoso.

— Sou sim — concordou o monstro. — Porém, além de minha feiura, não tenho sensibilidade. Eu sei muito bem que sou uma criatura pobre, tola, estúpida.

— Não é sinal de tolice pensar assim — falou Bela —, pois nunca um tolo pensou isso, ou teve tão humilde conceito de seu próprio entendimento.

— Então coma, Bela — disse o monstro —, e tente se divertir em seu próprio palácio, pois todas as coisas aqui são suas, e eu ficaria muito incomodado se você não estivesse feliz.

— Você é muito afável — ela respondeu. — Eu mesma estou muito satisfeita com a sua gentileza e, quando penso nisso, a sua deformidade mal aparece.

— Sim, sim — disse a Fera. — Meu coração é bom, mas ainda sou um monstro.

— Entre a humanidade — continuou Bela — há muitos que merecem esse nome mais do que você. Eu prefiro você, assim como é, àqueles que, sob forma humana, escondem um coração traiçoeiro, corrupto e ingrato.

— Se eu tivesse sensibilidade o suficiente — falou a Fera —, faria um belo elogio para agradecê-la, mas sou tão enfadonho que só posso dizer que lhe agradeço muito.

Bela comeu uma bonita ceia e havia quase superado seu medo do monstro, porém sentiu que desmaiaria quando ele lhe perguntou:

— Bela, você seria a minha esposa?

Ela demorou um tempo antes de dar-lhe a resposta, pois estava com medo de deixá-lo zangado se recusasse. Enfim, porém, disse, tremendo:

— Não, Fera.

Imediatamente, o pobre monstro começou a suspirar e sibilar tão assustadoramente que todo o lugar ecoava. Mas Bela logo se recuperou do medo, pois a Fera disse, em uma voz fúnebre:

— Então adeus, Bela. — E deixou a sala, virando-se de vez em quando para olhá-la enquanto saía.

Quando Bela ficou só, sentiu muita compaixão pela pobre Fera.

— Infelizmente — lamentou —, é muito triste que algo tão bondoso seja tão feio.

Bela passou três meses muito felizes no palácio. Todas as noites, a Fera a visitava e falava com ela durante a ceia, muito racionalmente, com muito bom-senso, mas nunca com o que o mundo chama de argúcia; e Bela diariamente descobria alguma nova qualidade do monstro. Vendo-o frequentemente, havia se acostumado à sua deformidade de tal modo que, em vez de temer a hora de sua visita, ela muitas vezes olhava o relógio

26 JEANNE-MARIE LEPRINCE DE BEAUMONT

para ver quando seriam nove horas, pois a Fera nunca deixava de aparecer àquela hora. Havia apenas uma coisa que a preocupava: toda noite, antes de ir para a cama, o monstro sempre a perguntava se ela seria sua esposa. Um dia, ela respondeu:

— Fera, você me deixa incomodada. Eu queria poder concordar em ser sua esposa, mas sou muito sincera para fazer você acreditar que isso um dia vai acontecer. Eu sempre o estimarei como amigo; tente ficar satisfeito com isso.

— Eu preciso — disse a Fera —, pois infelizmente sei muito bem de meu infortúnio; mas eu a amo com toda a minha afeição. Contudo, devo me considerar feliz por você estar aqui. Prometa que nunca me deixará.

Bela ruborizou diante destas palavras. Ela havia visto em seu espelho que seu pai estava doente por causa de sua perda e ela queria vê-lo de novo.

— Eu poderia — respondeu — prometer de verdade nunca o deixar por completo, mas tenho um desejo tão grande de rever meu pai que morrerei de tristeza se me recusar essa satisfação.

— Preferiria eu mesmo morrer — falou o monstro — a dar-lhe a menor preocupação: eu a mandarei até seu pai. Você ficará com ele, e a pobre Fera morrerá de tristeza.

— Não — disse Bela, chorando. — Eu o amo demais para ser a causa de sua morte: dou-lhe minha palavra de que retornarei em uma semana. Você me mostrou que minhas irmãs estão casadas e que meus irmãos partiram para o exército. Apenas deixe-me passar uma semana com meu pai, que está só.

— Você estará lá amanhã de manhã — assegurou a Fera. — Mas lembre-se de sua promessa: você só precisa pôr seu anel na mesa antes de ir para a cama quando decidir retornar. Adeus, Bela.

A Fera suspirou como de costume, desejando-lhe boa-noite, e Bela foi dormir muito triste por vê-lo tão aflito. Quando ela acordou na manhã seguinte, estava na casa de seu pai e, ao tocar um sinete que estava ao lado de sua cama, viu uma empregada entrar que, ao vê-la, deu um grito. O bom homem correu escada acima e achou que morreria de tanta felicidade ao ver sua querida filha novamente. Ele a segurou nos braços por um bom quarto de hora. Logo que o entusiasmo inicial arrefeceu, Bela começou a pensar em levantar e teve medo de não encontrar roupas para usar, mas a empregada disse-lhe que acabara de descobrir, no quarto ao lado, um grande baú cheio de vestidos cobertos de ouro e diamantes. Bela agradeceu à boa Fera por seu cuidado e, pegando um dos mais simples, pensou em dar os outros de presente a suas irmãs. Mal ela disse isso, o baú desapareceu. Seu pai lhe disse que a Fera insistia que ela mesma ficasse com eles; e imediatamente os vestidos e o baú voltaram de novo.

Bela se vestiu e, enquanto isso, mandaram buscar as irmãs, que se apressaram para lá com os maridos. Elas estavam muito infelizes. A mais velha se casara com um cavalheiro extremamente belo, é verdade, mas tão apaixonado por sua própria pessoa que só queria saber de si mesmo e menosprezava a esposa. A segunda casara com um homem de argúcia, contudo ele só fazia uso dela para atormentar todo mundo, sua esposa principalmente. As irmãs de Bela adoeceram de inveja quando a viram vestida como uma princesa e mais linda do que nunca; nem toda sua amabilidade podia aplacar sua inveja, que já estava prestes a explodir quando ela lhes disse como estava feliz. Elas foram até o jardim espairecer, aos prantos, e uma disse à outra:

— No que essa criaturinha é melhor que nós para ser tão mais feliz?

— Irmã — falou a mais velha —, um pensamento me veio à mente: vamos tentar mantê-la ocupada por mais de uma semana e talvez o monstro estúpido fique tão enraivecido por ela ter quebrado sua palavra que a devore!

— Certo, irmã — respondeu a outra. — Já que é assim, devemos demonstrar a ela o máximo de bondade possível.

Depois de terem decidido fazer isso, ambas voltaram e se comportaram tão afetuosamente com sua irmã que a pobre Bela chorou de alegria. Quando a semana acabou, elas choraram, arrancaram os cabelos e pareceram tão tristes por se separarem dela que Bela prometeu ficar mais uma semana.

Enquanto isso, Bela não podia evitar pensar na aflição que certamente causaria à pobre Fera, a quem ela sinceramente amava e desejava ver novamente. Na décima noite que passou na casa de seu pai, sonhou que estava no jardim do castelo e que via a Fera estendida no gramado e que, quase morrendo e com uma voz moribunda, reprovava a sua ingratidão. Bela acordou assombrada e chorou copiosamente.

— Eu sou muito má — disse — por agir tão cruelmente com a Fera, que tentou tanto me agradar em tudo! É culpa dele ser tão feio e ter tão pouca sensibilidade? Ele é generoso e bom, e isso é suficiente. Por que neguei casar-me com ele? Eu devia estar mais feliz com o monstro do que minhas irmãs com seus maridos. Não é argúcia ou beleza em um marido que fazem uma mulher feliz, e sim virtude, docilidade e complacência; e a Fera tem todas essas qualidades valiosas. É verdade, eu não sinto a ternura do afeto por ele, mas sei que tenho a maior gratidão, estima e amizade. Eu não vou fazê-lo infeliz. Se eu fosse tão ingrata, jamais me perdoaria.

Tendo dito isso, Bela levantou-se, pôs seu anel na mesa e deitou-se novamente. Assim que deitou, ela caiu no sono e, quando acordou na manhã seguinte, ficou exultante por estar novamente no castelo da Fera. Ela pôs um de seus mais belos vestidos para agradá-lo e esperou pela noite com a maior

WALTER CRANE, 1874

impaciência. Enfim, a tão esperada hora chegou; o relógio bateu às nove horas, mas a Fera não apareceu. Bela então temeu ter sido a causa de sua morte. Correu chorando e torcendo suas mãos pelo palácio, como uma desesperada. Depois de ter procurado em todo lugar, lembrou-se de seu sonho e correu até o canal no jardim, onde sonhou que o vira. Lá, encontrou a pobre Fera esticada, sem sentidos e, como imaginara, morta. Ela se jogou sobre ele sem medo algum e, descobrindo que seu coração ainda batia, pegou água no canal e derramou sobre sua cabeça. A Fera abriu seus olhos e disse-lhe:

— Você esqueceu a sua promessa e eu fiquei tão aflito por perder você que decidi morrer de fome. Mas como tive a felicidade de ver você novamente, morro satisfeito.

— Não, querida Fera — falou Bela. — Você não pode morrer. Viva para ser meu marido! Deste momento em diante, eu lhe dou a minha mão e juro não ser de ninguém exceto você. Ai! Eu achei que lhe tinha apenas amizade, mas a tristeza que sinto agora me convence que não posso viver sem você.

Bela mal pronunciou essas palavras e viu o palácio brilhar em luzes; e fogos-de-artifício, instrumentos musicais, tudo parecia dar notícia de algum grandioso evento. Mas nada chamava a sua atenção; ela se virou para sua querida Fera, por quem tremera de medo, e qual não foi a sua surpresa! A Fera desaparecera e ela viu, aos seus pés, um dos mais belos príncipes que já contemplara, que agradeceu por ter posto um fim em sua maldição de ter sido por tanto tempo uma Fera. Apesar desse príncipe merecer toda sua atenção, ela não pôde evitar perguntar onde estava sua Fera.

— Você o vê aos seus pés — disse o Príncipe. — Uma fada malvada me condenou a permanecer sob aquela forma até que uma bela virgem concordasse em se casar comigo. A fada também me ordenou a esconder esse fato; apenas você poderia ser generosa o suficiente para se deixar levar pela bondade de meu coração e, mesmo oferecendo-lhe minha coroa, eu não posso me desincumbir das obrigações que tenho para com você.

Bela, justificadamente surpresa, deu ao encantador Príncipe sua mão para que se levantasse. Eles foram juntos ao castelo e ela ficou extasiada ao ver, no grande salão, seu pai e toda sua família, a quem a Linda Dama, que aparecera em seu sonho, tinha trazido até lá.

— Bela — disse a Dama —, venha e receba a recompensa de suas escolhas sensatas. Você preferiu a virtude à argúcia ou à beleza, e merece achar uma pessoa na qual todas essas qualidades estão unidas. Você será uma grande rainha, e eu espero que o trono não diminua sua virtude ou a faça esquecer quem é. Quanto a vocês, damas — disse a Fada às duas irmãs —, conheço seus corações e toda a malícia que contêm. Tornem-se duas estátuas, mas mesmo transformadas, ainda mantenham a sua razão. Vocês ficarão em frente ao portão do palácio de sua irmã, e que seja sua punição contemplar a sua felicidade. Não estará em seu poder retornar ao seu estado natural até que superem suas falhas, todavia temo que vocês sejam estátuas para sempre. Orgulho, raiva, gula e preguiça são às vezes conquistadas, porém a conversão de uma mente maliciosa e invejosa é um tipo de milagre.

Então, a Fada deu-lhes um golpe com sua varinha e, em um momento, todos que estavam no salão foram transportados ao palácio do Príncipe. Seus súditos o receberam com alegria e ele se casou com Bela e viveu com ela por muitos anos; e sua felicidade, por ser fundada na virtude, era completa.

A Pequena Sereia

HANS CHRISTIAN ANDERSEN

Den lille Havfrue | Dinamarca | 1837

EM NO FUNDO DO MAR, a água é azul como as pétalas das mais bonitas centáureas e pura como o cristal mais transparente. Mas é profundo, mais profundo do que qualquer âncora pode alcançar. Seria preciso empilhar uma quantidade de torres de igreja, umas sobre as outras, a fim de verificar a distância que vai do fundo à superfície. Lá é a morada do povo do mar.

Agora, não pense nem por um instante que não há nada lá além de areia nua e branca. Ó, não! As mais maravilhosas árvores e plantas crescem no fundo do mar. Seus talos e folhas são tão leves que o menor movimento da água faz com eles se agitem, como se estivessem vivos. Todos os peixes, grandes e pequenos, deslizam por entre seus galhos, assim como os pássaros o fazem no ar. No lugar mais profundo está o castelo do rei do mar, cujos muros são feitos de coral, e as janelas compridas e pontudas são feitas do mais claro âmbar. O teto é formado de conchas que se abrem e fecham com a corrente. É uma visão linda. Cada concha encerra uma pérola deslumbrante, e a menor delas honraria a mais bela coroa de qualquer rainha.

Há muitos anos que o rei do mar estava viúvo e sua velha mãe mantinha a casa. Era uma mulher inteligente, mas orgulhosa de sua linhagem. Era por isso que usava doze ostras em sua cauda, enquanto todos os outros de alta posição tinham de se contentar com seis. Sobre outros aspectos, ela merecia elogios pelos cuidados que tinha para com as suas netas bem-amadas: as princesinhas do mar. Eram seis lindas crianças e a mais moça era a mais encantadora. Sua pele era clara e delicada como uma pétala de rosa. Seus olhos eram azuis como um lago profundo. Todavia, como todas as outras, não tinha pés e seu corpo terminava numa longa cauda de peixe.

Durante o dia inteiro, as princesas do mar brincavam nos grandes salões do castelo, onde flores viçosas cresciam direto das paredes. As grandes janelas de âmbar ficavam abertas e os peixes entravam por elas nadando, assim como as andorinhas entram voando em nossas casas quando abrimos as janelas. Os peixes deslizavam até as princesinhas, comiam em suas mãos e aguardavam um afago.

Fora do castelo, havia um belo jardim com árvores de um azul penetrante e de um vermelho flamejante. Seus frutos cintilavam como ouro e suas flores, agitando sem cessar seus talos e suas folhas, assemelhavam-se a labaredas. O próprio solo era da mais fina areia, porém azul como uma chama de enxofre. Um singular fulgor azulado envolvia tudo que estava à vista. Se você estivesse lá embaixo, não saberia que estava no fundo do mar, sem nada além do céu acima e abaixo de você.

EDMUND DULAC

Quando havia calmaria, era possível vislumbrar o sol, que parecia uma flor púrpura de cujo cálice jorrava luz.

Cada uma das princesinhas tinha seu próprio terreno no jardim, no qual podia cavar e plantar a seu bel-prazer. Uma arrumou seu canteiro de flores na forma de uma baleia; outra achou mais interessante moldar o seu como uma sereiazinha; mas a caçula fez o seu bem redondo como o sol e só quis flores rubras como o brilho dele. Era uma criança curiosa, sossegada e pensativa. Enquanto as irmãs adornavam seus jardins com as coisas maravilhosas que obtinham de navios naufragados, ela não admitia nada além de flores rosa-avermelhadas, que eram como o sol lá no alto, e uma estátua de mármore. A estátua era de um encantador rapaz, esculpida em pura pedra branca, que havia descido ao fundo do mar depois de um naufrágio. Perto dela, a princesinha havia plantado um salgueiro cor-de-rosa, que cresceu esplendidamente e deixava sua fresca folhagem cobrir a estátua até o solo azul, arenoso, do oceano. Sua sombra ganhava um matiz violeta e, como os ramos, nunca ficava parada. As raízes e a copa da árvore pareciam estar sempre brincando, tentando beijar uma à outra.

Não havia nada de que as princesas gostassem mais do que ouvir sobre o mundo dos seres humanos, acima do mar. Sua vovozinha lhes contava tudo o que sabia sobre os navios e as cidades, as pessoas e os animais. Uma coisa em especial as impressionava com sua beleza: saber que as flores exalavam uma fragrância — não havia nenhuma no fundo do mar — e também que as árvores na floresta eram verdes e que os peixes que voavam nas árvores sabiam cantar tão docemente que era um prazer ouvi-los. A avó chamava os passarinhos de peixes. De outro modo, as princesinhas do mar, que nunca tinham visto um pássaro, não a teriam compreendido.

— Quando vocês completarem quinze anos — disse a avó —, vamos deixá-las subir até a superfície e se sentar nos rochedos à luz do luar, para ver os grandes navios passarem. Verão florestas e também cidades.

No ano seguinte, uma das irmãs completaria quinze anos, mas as outras... bem, cada uma era um ano mais nova que a outra, de modo que a mais nova teria de esperar nada menos que cinco anos para subir das profundezas do mar para a superfície e ver como são as coisas por aqui, mas cada uma prometia contar às outras tudo que visse e o que lhe parecia mais interessante naquela primeira visita, pois nunca estavam satisfeitas com o que a avó contava. Havia uma infinidade de coisas sobre as quais ansiavam ouvir.

Nenhuma das sereias era mais curiosa do que a caçula, e era também ela, tão quieta e pensativa, a que tinha de suportar a mais longa espera. Em muitas noites, ela se postava à janela aberta e fitava, através das águas azul-escuras, os peixes sacudirem suas nadadeiras e caudas. Olhava bem para o alto e podia ver a lua e as estrelas, embora sua luz fosse muito pálida — através da água, pareciam muito maiores que aos nossos olhos. Se uma nuvem escura passava acima dela, sabia que era uma baleia que nadava sobre a sua cabeça ou um navio cheio de passageiros. Aquelas pessoas nem sonhavam que uma sereiazinha estendia suas mãos brancas para o casco do navio que fendia as águas.

Assim que fez quinze anos, a mais velha das princesas foi autorizada a subir à superfície do oceano. Quando voltou, tinha dezenas de coisas para contar.

— O mais delicioso — ela disse — foi ficar deitada em um banco de areia perto da praia numa noite de lua, com o mar calmo. Foi possível contemplar a grande cidade, onde as luzes brilhavam como milhares de estrelas. Podia ouvir músicas harmoniosas e o ruído de carros e pessoas. Podia ver todas as torres das igrejas e ouvir os sinos tocando e, exatamente por não ter chegado perto de todas essas maravilhas, ansiava ainda mais por todas elas.

Ó, como a irmã caçula bebia aquelas palavras! E, mais tarde, à noite, ficou junto à janela aberta, fitando através das águas azul-escuras, pensando na cidade grande com seus ruídos e luzes, e até imaginou ouvir os sinos das igrejas tocando para ela.

EDMUND DULAC

No ano seguinte, a segunda irmã teve permissão para subir mar acima e nadar aonde quisesse. Chegou à superfície bem na hora do pôr do sol.

— Foi a visão mais bela de todas — ela contou. — Todo o céu parecia ouro e as nuvens... — Bem, ela simplesmente não conseguia descrever como eram lindas ao passar, em tons de carmesim e violeta, sobre sua cabeça.

Mais veloz ainda que as nuvens, um bando de cisnes selvagens voou como um longo e branco véu sobre a água, rumo ao sol poente. Ela nadou nessa direção, mas o sol se pôs e sua luz rósea foi engolida pelo mar e pela nuvem.

Depois chegou a vez da terceira irmã. Era a mais ousada de todas e nadou até um largo rio que desaguava no mar. Avistou admiráveis colinas verdes cobertas com videiras; castelos e fazendas situados no meio de florestas soberbas e imensas; ouviu o canto dos pássaros; e o sol era tão quente que teve de mergulhar muitas vezes na água para refrescar o rosto ardente. Numa pequena enseada, topou com um bando de criancinhas humanas, divertindo-se, completamente nuas, na água.

Quis brincar com elas, mas ficaram aterrorizadas e fugiram. Depois, um animalzinho preto foi até a água. Era um cachorro, mas nunca tinha visto um. O animal latiu tanto que ela ficou assustada e nadou para o mar aberto. Porém, disse que jamais esqueceria a magnífica floresta, as colinas verdes e as lindas criancinhas que sabiam nadar, embora não possuíssem caudas.

A quarta irmã não foi tão ousada. Preferiu ficar no meio do mar selvagem, onde a vista se perdia ao longe, todavia foi exatamente isso, ela lhes contou, que tornou sua visita tão maravilhosa. Podia ver por milhas e milhas ao seu redor, e o céu se arredondava em volta da água como um grande sino de vidro. Vira navios, mas a uma distância tão grande que pareciam gaivotas. Os golfinhos brincavam nas ondas e as baleias esguichavam água tão poderosamente de suas narinas que pareciam estar cercadas por uma centena de chafarizes.

E agora era a vez da quinta irmã. Como seu aniversário caía no inverno, ela viu coisas que as outras não tinham visto da primeira vez. O mar perdera sua cor azul e adquirira um tom esverdeado, e sobre ele flutuavam enormes *icebergs*.

— Cada um parecia uma pérola — ela disse —, mas eram mais altos que as torres de igrejas construídas pelos seres humanos.

Apareciam nas formas mais fantásticas e brilhavam como diamantes. Ela se sentara num dos maiores *icebergs* e todos os navios pareciam ter medo dele, pois passavam navegando rapidamente e muito distante do lugar onde ela estava sentada, com o vento gracejando seus longos cabelos.

Mais tarde naquela noite, uma tempestade cobriu o céu de nuvens. Trovões estrondeavam, relâmpagos chispavam e as ondas escuras elevavam os enormes blocos de gelo tão alto que os tiravam da água, fazendo-os reluzir na intensa luz vermelha. Todos os navios recolheram as velas e, em meio ao horror e ao alarme geral, a sereia permaneceu sentada tranquilamente no *iceberg* flutuante, vendo os relâmpagos azuis ziguezaguearem no mar resplandecente.

Na primeira vez que as irmãs subiram à superfície, ficaram encantadas de ver tantas coisas novas e bonitas. Porém, quando ficaram mais velhas e podiam emergir sempre que queriam, mostravam-se menos entusiasmadas. Sentiam saudade do fundo do mar. E depois de um mês diziam que, afinal de contas, era muito mais agradável lá embaixo — era tão reconfortante estar em casa! No entanto, muitas vezes, ao entardecer, as cinco irmãs davam-se os braços e flutuavam juntas. Suas vozes eram encantadoras, como nenhuma criatura humana poderia possuir.

Antes da aproximação de uma tempestade, quando esperavam o naufrágio de um navio, as irmãs costumavam nadar diante do barco e cantar docemente as delícias das profundezas do mar. Diziam aos marinheiros para não terem medo de mergulhar até o fundo, mas eles nunca entendiam suas canções. Pensavam estar ouvindo os uivos da tempestade e nunca viam as maravilhas que as sereias prometiam. E assim que o navio afundava, os homens se afogavam e somente seus cadáveres chegavam até o palácio do rei do mar.

Quando as irmãs subiam pela água de braços dados, a caçula sempre ficava para trás, sozinha, acompanhando-as com os olhos. Teria chorado, mas as sereias não têm lágrimas e sofrem muito mais que nós.

— Ó! Se pelo menos eu tivesse quinze anos — ela dizia. — Sei que vou gostar muito do mundo lá de cima e de todas as pessoas que vivem nele.

Então, finalmente, ela fez quinze anos.

— Bem, agora você logo escapará das nossas mãos — disse a velha rainha, sua avó. — Venha, deixe-me vesti-la como suas outras irmãs.

E pôs no seu cabelo uma coroa de lírios brancos em que cada pétala de flor era metade de uma pérola. Depois, a velha senhora mandou trazer oito grandes ostras para prender firmemente na cauda da princesa e mostrar sua alta posição.

— Ai! Isso dói — disse a Pequena Sereia.

— Sim, a beleza tem seu preço — respondeu a avó.

Como a Pequena Sereia teria gostado de se livrar de todos aqueles adornos e pôr de lado aquela pesada coroa! As flores vermelhas de seu jardim assentavam-lhe muito melhor, mas não ousou fazer nenhuma alteração.

— Adeus! — disse ao subir pela água tão leve e límpida quanto as bolhas que se elevam à superfície.

O sol acabara de se pôr quando ela ergueu a cabeça sobre as ondas, mas as nuvens ainda estavam tingidas de carmesim e ouro. No alto do céu pálido e rosado, a estrela vespertina iluminava clara e vívida. O ar estava ameno e fresco, e o mar aprazível. Um grande navio de três mastros estava à deriva na água, com apenas uma vela içada porque o vento estava brando. Os marinheiros estavam refestelados no cordame ou nas jardas. Havia música e canto a bordo e, quando escureceu, uma centena de lanternas foi acesa. Com suas muitas cores, tinha-se a impressão de que as bandeiras de todas as nações flutuavam no ar.

A Pequena Sereia nadou até a escotilha da cabine e, cada vez que uma onda a levantava, podia ver através do vidro transparente uma quantidade de homens magnificamente trajados. O mais belo deles era um jovem príncipe, com grandes olhos escuros. Não tinha mais de dezesseis anos. Era seu aniversário e era por isso que havia tanto alvoroço. Quando o jovem príncipe saiu para o convés, onde os marinheiros estavam dançando, mais de uma centena de foguetes zuniram rumo ao céu num esplendor, tornando o céu tão brilhante quanto o dia. A Pequena Sereia ficou tão assustada que mergulhou, escondendo-se sob a água, mas rapidamente pôs a cabeça para fora de novo. E veja! Parecia que as estrelas lá do céu estavam caindo sobre ela. Nunca vira fogos de artifícios. Grandes sóis rodopiavam ao seu redor; lindos peixes de fogo refulgentes lançavam-se no ar azul, e todo esse brilho se refletia nas águas claras e calmas embaixo. O próprio navio estava tão deslumbrantemente iluminado que se podiam ver não só todas as pessoas que lá estavam como também a corda mais fina. Que elegante parecia o jovem príncipe quando apertava as mãos dos marinheiros! Ele ria e sorria enquanto a música soava pelo ar da noite agradável.

Já era muito tarde, mas a Pequena Sereia não conseguia tirar os olhos do navio ou do belo príncipe. As lanternas coloridas se apagaram; os foguetes não mais subiam no ar; e o canhão cessara de dar tiros. Contudo, o mar estava inquieto e era possível ouvir um som queixoso sob as ondas. Ainda assim, a Pequena Sereia continuou na água, balançando-se para cima e para baixo para olhar a cabine. O navio ganhou velocidade e uma após outra as suas velas foram desferidas. As ondas cresciam, nuvens negras se agrupavam no céu e relâmpagos faiscavam à distância. Uma terrível tempestade estava se formando. Por isso os marinheiros recolheram as velas, enquanto o vento sacudia o grande navio e o arrastava pelo mar impetuoso. As ondas subiam mais e mais altas, até se assemelharem a enormes montanhas, ameaçando derrubar o mastro. Ainda assim, o navio mergulhava como um cisne entre elas e voltava a subir em cristas sublimes e espumosas. A Pequena Sereia pensou que devia ser divertido para um navio navegar daquele jeito, mas a tripulação pensava diferente. O barco gemia e rangia; suas pranchas sólidas rompiam-se sob as violentas pancadas do mar; o mastro partiu-se ruidosamente em dois, como um junco. O navio inclinou quando a água se precipitou no porão.

De repente, a Pequena Sereia percebeu que o navio estava em perigo. Ela mesma tinha de ter cuidado com as vigas e os destroços à deriva. Em certos momentos, ficava tão escuro que não conseguia enxergar nada, mas, então, o clarão de um relâmpago iluminou todos a bordo. Agora era cada por um si. Ela estava à procura do jovem príncipe e, no momento em que o navio se partia, viu-o desaparecer nas profundezas do mar. Por um instante, ficou bastante entusiasmada, pois pensou que agora ele poderia viver no seu mundo. Mas logo se lembrou que os seres humanos não vivem debaixo d'água e que ele só chegaria morto ao palácio de seu pai. Não, não, ele não podia morrer. Assim, ela nadou entre os destroços que o mar arrastava, indiferente ao perigo de ser esmagada. Mergulhava profundamente e emergia das ondas, e finalmente encontrou o jovem príncipe. Ele mal conseguia nadar no mar tempestuoso. Seus membros fraquejavam, seus belos olhos estavam fechados, e certamente teria se afogado se a Pequena Sereia não tivesse ido a seu socorro. Ela segurou-lhe a cabeça acima da água e abandonou-se com ele aos caprichos das ondas.

HELEN STRATTON

Quando amanheceu, a tempestade cessara e não havia rastro do navio. O sol despontou da água, vermelho e resplandecente, e pareceu devolver a cor às faces do príncipe; mas os olhos dele permaneciam fechados. A sereia beijou-lhe a fronte e ajeitou-lhe para trás o cabelo molhado. Aos seus olhos, ele parecia a estátua de mármore que tinha em seu jardinzinho. Beijou-o de novo e fez um pedido para que ele pudesse viver.

Logo a sereia viu diante de si terra firme, com suas majestosas montanhas azuis, no alto das quais brilhava a branca neve, parecendo cisnes aninhados. Perto da costa, havia adoráveis florestas verdes e junto a uma delas erguia-se um prédio alto; se era uma igreja ou um convento ela não sabia dizer. Limoeiros e laranjeiras cresciam no jardim e ao lado da porta havia três altas palmeiras. A pequena baía se formava nesse ponto e a água era plenamente calma, embora muito profunda. A sereia nadou com o belo príncipe até a praia, coberta de fina areia branca. Ali colocou-o sob o sol quente, fazendo um travesseiro de areia para sua cabeça.

Sinos soaram do prédio branco e várias moças apareceram no jardim. A Pequena Sereia afastou-se, nadando para bem longe da praia, e escondeu-se atrás de uma pedra grande que se elevava acima da água. Cobriu o cabelo e o peito com espuma do mar para que ninguém pudesse vê-la. Depois ficou espiando para ver quem ajudaria o pobre príncipe.

Não demorou muito e surgiu uma jovem. Pareceu muito assustada, mas só por um instante, e correu para buscar ajuda. A sereia viu o príncipe voltar a si, e ele sorriu para todos ao seu redor. Porém, não havia nenhum sorriso para ela, pois ele não tinha ideia de quem o salvara. Depois que foi levado para o prédio, a Pequena Sereia se sentia tão infeliz que mergulhou de volta para o palácio do pai.

Ela sempre fora silenciosa e pensativa, mas agora estava mais do que nunca. Suas irmãs lhe perguntaram o que vira durante sua primeira visita à superfície, mas ela não lhes contava nada. Em muitas manhãs e entardeceres, subia até o local onde deixara o príncipe. Viu as frutas do jardim amadurecerem e observou-as serem colhidas. Viu a neve derreter nos picos. Contudo, nunca via o príncipe e por isso sempre voltava para casa ainda mais cheia de tristeza do que antes. Seu único consolo era ficar em seu jardinzinho, com os braços em torno da estátua de mármore, tão parecida com o príncipe. Nunca mais cuidou das suas flores, que se espalhavam selvagemente ao longo dos caminhos, entrelaçando seus longos galhos nos ramos das árvores, até obscurecer tudo.

Por fim, ela não conseguiu mais guardar aquilo consigo e contou tudo a uma de suas irmãs. Logo as outras ficaram sabendo, mas ninguém mais, exceto algumas outras sereias que não diriam nada a ninguém a não ser às suas melhores amigas. Uma delas foi capaz de lhe dar notícias sobre o príncipe. Ela também vira os festejos realizados a bordo e disse mais sobre o príncipe e a localização de seu reino.

— Venha, irmãzinha — disseram as outras princesas. E com os braços nos ombros uma das outras, subiram em uma longa fila até a superfície, bem diante do lugar onde se erguia o castelo do príncipe.

O castelo, construído de uma pedra amarela e luzidia, tinha longas escadarias de mármore, sendo que um dos degraus levava direto para o mar. Esplêndidas cúpulas douradas elevavam-se do teto e, entre as colunas que cercavam toda a construção, havia esculturas de mármore que pareciam vivas. Através do vidro transparente das altas janelas, era possível ver magníficos aposentos ornados com suntuosas cortinas de seda e tapeçarias. As paredes eram cobertas com enormes pinturas e era um prazer contemplá-las. No centro do maior salão, havia uma fonte que lançava seus jorros espumantes até a cúpula de vidro do teto, através do qual o sol brilhava na água e nas belas plantas que cresciam ali.

Agora que sabia onde o príncipe vivia, passava muitos pores do sol e muitas noites naquele lugar. Nadava até muito mais perto da costa do que as outras ousavam. Chegou a avançar pelo estreito canal para ir até a varanda de mármore que projetava uma longa sombra sobre a água. Ali ela se sentava e observava o jovem príncipe, que pensava estar completamente só ao clarão da lua.

Muitas vezes, à noite, a Pequena Sereia o via sair ao mar em seu esplêndido barco, com bandeiras hasteadas, ao som de música harmoniosa. Espiava do meio dos juncos verdes, e quando o vento levantava o longo véu branco e prateado do seu cabelo, e pessoas a viam, imaginavam apenas que era um cisne, estendendo as asas.

Em muitas noites, quando os pescadores saíam em alto mar com suas tochas, ela os ouvia elogiar o jovem príncipe, e suas palavras a deixavam ainda mais feliz por lhe ter salvado a vida. E ela recordava como aninhara a cabeça dele em seu peito e com que carinho o beijara. Mas ele não sabia nada disso e nunca sequer sonhara que ela existia.

A Pequena Sereia foi se afeiçoando mais e mais aos seres humanos e ansiava profundamente pela companhia deles. O mundo em que viviam parecia tão mais vasto que o seu próprio! Veja, eles podiam navegar o oceano em navios e escalar montanhas íngremes bem acima das nuvens. E as terras que possuíam, suas florestas e seus campos, se estendiam muito além de onde sua vista alcançava. Havia uma porção de outras coisas que ela teria gostado de saber e suas irmãs não eram capazes de responder a todas as suas curiosidades. Por isso, foi visitar sua velha avó, que sabia tudo sobre o mundo superior, como chamava tão apropriadamente os países acima do mar.

— Quando não se afogam — perguntou a Pequena Sereia —, os seres humanos podem continuar vivendo para sempre? Não morrem como nós, aqui embaixo no mar?

— Sim, sim — respondeu a velha senhora. — Eles também terão que morrer, e seu tempo de vida é mais curto que o nosso. Nós por vezes alcançamos a idade de trezentos anos, mas quando nossa vida aqui chega ao fim, simplesmente nos transformamos em espuma na água. Aqui não temos túmulos daqueles que amamos. Não temos uma alma imortal e nunca teremos outra vida. Nós somos como o junco verde. Uma vez cortado, cessa de crescer. Já os seres humanos têm almas que vivem para sempre, mesmo depois que seus corpos se transformam em pó. Elas voam através do ar puro até chegarem às estrelas brilhantes. Assim como subimos à flor da água e contemplamos as terras dos seres humanos, eles atingem belos reinos desconhecidos — regiões que nunca conheceremos.

— Por que não podemos ter uma alma imortal? — a Pequena Sereia perguntou, angustiada. — Eu daria de boa vontade todos os trezentos anos que tenho para viver se pudesse me tornar uma humana por apenas um dia e participar do mundo celestial.

— Você não deveria se preocupar com isso. Somos muito mais felizes e vivemos melhor aqui do que os seres humanos lá em cima.

— Então estou condenada a morrer e flutuar como espuma do mar, a nunca mais ouvir a música das ondas ou ver as lindas flores e o sol vermelho? Não há nada que eu possa fazer para conquistar uma alma imortal?

— Não — disse a velha senhora. — Só se um ser humano a amasse tanto que você importasse mais para ele que pai e mãe. Se ele a amasse de todo o coração e deixasse o padre pôr a mão direita sobre a sua como uma promessa de ser fiel e verdadeiro por toda a eternidade. Nesse caso, a alma dele deslizaria para dentro do seu corpo e você, também, obteria uma parcela da felicidade humana. Ele lhe daria uma alma e, no entanto, conservaria a dele próprio. Mas isso jamais acontecerá. Sua cauda de peixe, que achamos tão bonita, parece repulsiva à gente da terra. Sabem tão pouco sobre isso que acreditam realmente que as duas desajeitadas escoras que chamam de pernas são belas.

A Pequena Sereia suspirou e olhou melancolicamente para sua cauda de peixe.

— Devemos ficar satisfeitas com o que temos — disse a velha senhora. — Vamos dançar e nos alegrar durante os trezentos anos de nossa existência, isso é realmente muito tempo. Depois da morte, poderemos descansar e pôr o sono em dia. Hoje, teremos um baile na corte.

Não se pode fazer ideia na terra de tal magnificência. As paredes e o teto do grande salão do baile eram feitos de cristal espesso, mas transparente. Centenas de conchas enormes, rosa-vermelho e verde-relva, dispostas de cada lado, cada uma com uma chama azul que iluminava todo o salão e, luzindo através das paredes, iluminavam também o mar. Inúmeros peixes, grandes e pequenos, podiam ser vistos nadando em direção às paredes de cristal. As escamas de alguns fulgiam com um brilho púrpura-avermelhado e as de outros, como prata e ouro. No meio do salão, corria um grande rio nos quais moluscos e sereias dançavam ao seu próprio som melodioso.

Nenhum ser humano tem voz tão encantadora. Ninguém cantava mais docemente que a Pequena Sereia e todos a aplaudiram. Por um instante, houve alegria em seu coração, pois ela sabia que tinha a voz mais bela em terra ou no mar. Mas, em seguida, seus pensamentos se voltaram para o mundo acima dela. Não conseguia esquecer o belo príncipe e a grande dor de não ter a alma imortal que ele possuía. Assim, se arrastou para fora do palácio do pai e, enquanto todos lá dentro cantavam e se divertiam, foi se sentar em seu jardinzinho, desolada.

De repente, ela ouviu o som de uma buzina ecoando através da água e pensou:

Ah, lá vai ele, navegando lá em cima. Aquele a quem amo mais do que meu pai ou minha mãe, ele que está sempre em meus pensamentos e em cujas mãos eu confiaria alegremente minha felicidade. Arriscaria qualquer coisa para conquistá-lo e a uma alma imortal. Enquanto minhas irmãs dançam no castelo de meu pai, vou à procura da feiticeira do mar. Sempre tive um terrível medo dela, mas talvez possa me ajudar e me dizer o que fazer.

E assim, a Pequena Sereia deixou seu jardim e partiu para onde a feiticeira morava, no lado mais distante dos redemoinhos espumantes. Nunca estivera lá antes. Naquele lugar, não cresciam flores nem relva do mar. Não havia nada além do fundo arenoso e cinzento que se estendia até os turbilhões, onde a água rodopiava com o estrondo da roda de moinho e sugava para as profundezas tudo que podia. Tinha de passar pelo meio desses furiosos torvelinhos para chegar até a feiticeira do mar. Por um longo trecho, não havia outro caminho senão pela lama quente e borbulhante — que a feiticeira chamava de seu charco.

A casa da feiticeira ficava atrás do charco, no meio de uma floresta quimérica. Todas as árvores e arbustos eram verdadeiros pólipos, metade animal e metade vegetal. Pareciam serpentes de cem cabeças crescendo do solo. Tinham galhos que pareciam braços longos e viscosos, com dedos tão flexíveis que se assemelhavam a vermes. Nó por nó, da raiz até a ponta, estavam constantemente em movimento e agarravam hermeticamente qualquer coisa que pudessem aproveitar do mar e não soltavam mais. A Pequena Sereia ficou apavorada e se deteve à beira da mata. Seu coração palpitava de medo e ela esteve prestes a desistir. Mas então, lembrou-se do príncipe e da alma humana e retomou sua coragem. Ela prendeu em torno da cabeça seu longo e esvoaçante cabelo para que os pólipos não a pudessem agarrar. Depois, cruzou os braços sobre o peito e disparou adiante como um peixe lançado na água, no meio dos sórdidos pólipos, que estendiam em sua direção seus braços e dedos buliçosos. Ela notou como cada um deles havia agarrado algo e imobilizava firmemente, com uma centena de pequenos braços que pareciam aros de ferro. Esqueletos brancos de seres humanos que haviam perecido no mar e afundado nas águas profundas olhavam dos braços dos pólipos. Lemes e arcas de navios estavam fortemente agarrados em seus braços, juntamente com esqueletos de animais terrestres e — o mais terrível de tudo — uma sereiazinha, que eles haviam capturado e estrangulado.

Chegou então a um grande charco lodoso, onde enormes e corpulentas cobras-d'água ondeavam-se no lamaçal, mostrando seus horrendos ventres amarelo-esbranquiçados. No meio do charco, havia uma casa construída com os ossos de humanos naufragados. Lá estava a feiticeira do mar, deixando um sapo se alimentar na sua boca, assim como as pessoas nutrem às vezes um canário com um torrão de açúcar. Ela chamava as asquerosas cobras-d'água de seus pintinhos e deixava-as rastejar sobre seu peito.

— Eu sei exatamente o que você deseja — disse a feiticeira do mar. — Como você é estúpida! Mas você deve seguir seu caminho, que vai lhe trazer infortúnio, minha linda princesa. Você quer se livrar de sua cauda de peixe e no lugar ter um par de tocos para andar como um ser humano, a fim de que o jovem príncipe se apaixone por você e lhe dê uma alma imortal.

E com isso, a feiticeira soltou uma gargalhada tão alta e maléfica que o sapo e as cobras caíram estatelados no chão.

— Você veio na hora certa — disse a feiticeira. — Amanhã, quando o sol se levantar, eu não serei mais capaz de ajudá-la. Vou preparar um elixir para você. Terá de nadar até a costa com ele antes do nascer do sol, sentar-se na praia e tomá-lo. Sua cauda, então, se dividirá em duas e encolherá para se transformar naquilo que os seres humanos chamam de "belas pernas". Mas vai doer. Você sentirá como se uma espada afiada a cortasse. Todos que a virem dirão que você é a mais bela humana que já encontraram. Manterá seus movimentos graciosos, nenhuma dançarina jamais deslizará tão suavemente, mas cada passo que der a fará sentir como se estivesse pisando em uma faca afiada, o bastante para fazer sangrar seus pés. Se estiver disposta a suportar tudo isso, posso ajudá-la.

A PEQUENA SEREIA

51

— Sim — disse a Pequena Sereia com voz hesitante, mas voltou seus pensamentos para o príncipe e ao prêmio de uma alma imortal.

— Pense nisso com cuidado — alertou a feiticeira. — Uma vez tomada a forma de um ser humano, nunca mais voltará a ser uma sereia. Você não será capaz de descer nadando ao encontro do palácio de seu pai e de suas irmãs. A única maneira de conseguir uma alma imortal é conquistando o amor do príncipe e fazer com que ele esqueça o pai e a mãe por amor a você. Ele deve tê-la sempre em seus pensamentos e permitir que o padre una suas mãos para que se tornem marido e mulher. Se o príncipe se casar com outra pessoa, na manhã seguinte seu coração se quebrará e você se tornará espuma na crista das ondas.

— Estou pronta — declarou a Pequena Sereia, pálida como uma morta.

— Mas terá que me recompensar — disse a feiticeira. — Você não receberá minha ajuda sem nada em troca. Você tem a mais formidável voz entre todos que aqui habitam no fundo do mar. Provavelmente, pensa que encantará o príncipe com ela, mas terá que dá-la para mim. Vou lhe exigir o que possui de melhor como pagamento por minha poção. Você entende, tenho de misturar nela um pouco do meu próprio sangue para que o elixir seja afiado como uma espada de dois gumes.

— Mas se tirar a minha voz, o que me restará? — perguntou a Pequena Sereia.

— Sua encantadora figura — disse a feiticeira —, seus movimentos graciosos e seus olhos expressivos. Com eles, pode simplesmente fascinar um coração humano... Bem, onde está sua coragem? Estire a língua e deixe-me cortá-la fora como pagamento. Depois, receberá sua poderosa poção.

— Assim seja — concordou a Pequena Sereia, e a feiticeira pôs seu caldeirão no fogo para destilar a poção mágica.

HARRY CLARKE

— Limpeza antes de tudo — ela disse, enquanto esfregava o recipiente com um feixe de víboras que tinha atado num grande nó.

Em seguida, deu um talho no próprio seio e deixou gotejar o negro sangue no caldeirão. O vapor que subiu criava formas estranhas, assustadoras de se ver. A feiticeira continuava a juntar coisas novas dentro do caldeirão e, quando o elixir começou a ferver, parecia um choro de crocodilo. Finalmente, a poção mágica ficou pronta e era exatamente cristalina como água.

— Aí está você! — disse a feiticeira ao cortar a língua da Pequena Sereia, que agora estava muda e não conseguia falar e cantar.

— Se os pólipos a apanharem quando você retornar pela mata — orientou a feiticeira —, basta jogar sobre eles uma única gota desta poção e os braços e dedos deles serão dilacerados em mil pedaços.

Porém, a Pequena Sereia não precisou disso. Os pólipos se encolheram aterrorizados quando avistaram a luzente poção em sua mão como uma estrela cintilante. E assim, passou rapidamente pela mata, pelo charco e pelos atroadores redemoinhos.

A Pequena Sereia pôde contemplar o palácio do pai. As luzes do salão de baile estavam apagadas. Certamente, lá estavam todos dormindo a essa altura. Mas não se atreveu a ir vê-los, pois agora estava muda e prestes a deixá-los para sempre. Ela sentiu como se seu coração fosse partir de tanta dor. Entrou secretamente no jardim, pegou uma flor dos leitos de cada uma das irmãs, soprou mil beijos em direção do palácio e depois subiu à superfície através das águas azul-escuras.

O sol ainda não despontara no horizonte quando ela avistou o palácio do príncipe e subiu os degraus de mármore. A lua esplendia límpida e vívida. A Pequena Sereia bebeu a acre poção e parecia que uma faca de dois gumes trespassava seu corpo delicado. Ela desmaiou e caiu morta.

O sol se levantou e, radiante através do mar, acordou-a. Ela sentiu uma dor cruciante. Mas bem ali, na sua frente, estava o belo príncipe. Os olhos dele, negros como carvão, a encaravam tão intensamente que ela baixou os seus, e percebeu que sua cauda de peixe desaparecera e que tinha um bonito par de pernas brancas como as que qualquer jovem poderia desejar. Porém, estava completamente nua e assim se envolveu em seu longo e esvoaçante cabelo. O príncipe perguntou-lhe quem era e como chegara até ali, e ela só conseguia fitá-lo com um olhar doce e triste com seus olhos azuis, pois, é claro, não podia falar. Então, ele a tomou pela mão e a levou para o palácio. Cada passo que ela dava, como prenunciara a feiticeira, a fazia sentir dores atrozes como se estivesse pisando em facas e agulhas afiadas, mas suportou de bom grado. Caminhou com a leveza de uma bolha de sabão ao lado do príncipe. Este e todos que a viram ficaram maravilhados com a beleza de seus movimentos graciosos.

Deram-lhe vestidos suntuosos de seda e musselina. Ela era a criatura mais bela no palácio, mas era muda, não conseguia falar e cantar. Lindas escravas vestidas de seda e ouro apareceram e dançaram diante do príncipe e de seus parentes reais. Uma cantou mais lindamente que todas as outras, e o príncipe bateu palmas e sorriu para ela. Isso entristeceu a Pequena Sereia, pois sabia que ela própria podia cantar ainda mais lindamente. E pensou: *Ó, se ele soubesse que dei minha voz para sempre, a fim de estar com ele.*

Em seguida, as escravas dançaram uma dança muito elegante, deslizando ao som da mais encantadora música. E a Pequena Sereia ergueu seus belos braços brancos, ficou na ponta dos dedos dos pés e deslizou pelo piso, dançando como ninguém dançara antes. A cada passo, parecia mais e mais formosa e seus olhos atraíam mais profundamente que o canto das moças escravas.

Todos ficaram encantados, especialmente o príncipe, que a chamou de sua pequena desamparada. Ela continuou dançando, apesar da sensação de estar pisando em facas afiadas cada vez que seu pé tocava o solo. O príncipe disse que ela nunca deveria deixá-lo e ela teve permissão para dormir do lado de fora de sua porta, em uma almofada de veludo.

O príncipe ordenou produzir para ela um traje de amazona para que pudessem andar a cavalo. Cavalgaram juntos por florestas perfumadas, onde ramos verdes roçavam seus ombros e passarinhos cantavam em meio às folhas frescas. Ela subiu com o príncipe ao topo das altas montanhas e, embora seus delicados pés sangrassem e todos pudessem notar o sangue, ela apenas sorria e acompanhava o príncipe até onde podiam ver as nuvens abaixo deles, parecendo um bando de pássaros que viajam para terras distantes.

No palácio do príncipe, quando todos dormiam, ela descia a escadaria de mármore e ia refrescar os pés ardentes na água fria do mar. E então, pensava nos que estavam lá embaixo nas profundezas. Uma noite, suas irmãs subiram de braços dados, cantando melancolicamente enquanto flutuavam sobre a água. Acenou para elas, que a reconheceram e lhes contaram o quão infelizes havia feito a todos. Depois disso, passaram a visitá-la todas as noites, e uma vez ela viu ao longe sua velha avó, que não vinha à superfície do mar havia muitos anos, e também o velho rei do mar com sua coroa na cabeça. Ambos estenderam as mãos para ela, mas não se aventuraram tão perto da costa como as suas irmãs.

Com o tempo, ela foi se tornando mais estimada para o príncipe. Ele a amava como se ama uma pequena criança, pois jamais lhe ocorreu fazer dela sua rainha. E, no entanto, ela precisava se tornar sua esposa, pois do contrário nunca receberia uma alma imortal e, na manhã do casamento dele, se dissolveria em espuma do mar.

— Você gosta de mim mais do que a todos? — os olhos da Pequena Sereia pareciam perguntar quando ele a tomava nos braços e beijava sua adorável fronte.

— Sim, você é muito preciosa para mim — dizia o príncipe —, por ter o coração mais amável que todos. E você é mais dedicada a mim que qualquer outra pessoa. Você me lembra uma moça que conheci uma vez, mas que provavelmente nunca verei de novo. Eu estava em um naufrágio e as ondas lançaram-me em terra firme, perto de um templo sagrado, onde várias jovens cumpriam seus deveres. A mais nova delas me encontrou na praia e salvou minha vida. Eu a vi apenas duas vezes. Ela é a única no mundo a quem eu poderia amar. Porém, você é tão parecida com ela que quase tirei a imagem dela da minha mente. Ela pertence ao templo sagrado e minha boa fortuna enviou você para mim. Nunca nos separaremos.

Ah, mal sabe ele que fui eu quem lhe salvei a vida, pensou a Pequena Sereia. *Carreguei-o pelo mar até o templo na floresta e esperei na espuma que alguém viesse ajudá-lo. Vi a bonita jovem que ele ama mais do que a mim.* Suspirou profundamente, pois não sabia derramar lágrimas. *Ele diz que a menina pertence ao templo sagrado e que por isso nunca retornará ao mundo. Eles nunca se encontrarão novamente. Eu estou ao seu lado e vejo-o todos os dias. Eu vou cuidar dele, amá-lo e dar minha vida por ele.*

Não muito tempo depois, houve um rumor de que o príncipe se casaria e que a esposa seria a bela filha de um rei vizinho, e por isso ele estava equipando um soberbo navio. O príncipe ia fazer uma visita a um reino vizinho — era assim que diziam, dando a entender que estava indo ver a noiva. Ele tinha uma grande comitiva, mas a Pequena Sereia sacudia a cabeça e ria.

Conhecia os pensamentos do príncipe muito melhor do que qualquer outra pessoa.

— Eu tenho que ir — ele disse a ela. — Tenho de visitar essa princesa, porque meus pais insistem nisso. Mas eles não podem me forçar a trazê-la para cá como minha esposa. Nunca poderia amá-la. Ela não é bela como a moça do templo, a quem você se assemelha. Se eu fosse forçado a escolher uma noiva, preferiria escolher você, minha querida mudinha, com seus olhos expressivos.

Então, beijava a boca rosada da sereia, brincava com seu longo cabelo e pousava sua cabeça contra seu coração, fazendo-a sonhar com a felicidade humana e uma alma imortal.

— Você não tem medo do mar, não é, minha querida mudinha? — ele perguntou no convés do esplêndido navio que os transportaria ao reino vizinho. E ele lhe falou das poderosas tempestades e de calmarias, dos estranhos peixes das profundezas e do que os mergulhadores tinham visto lá embaixo. Ela sorria às histórias dele, pois sabia melhor do qualquer outra pessoa das maravilhas do fundo do mar.

À noite, quando havia lua sem nuvens e todos estavam dormindo, exceto o timoneiro em seu leme, a Pequena Sereia sentava-se junto na amurada do navio, olhando para baixo através da água clara. Tinha a impressão de poder ver o palácio do pai, com sua velha avó postada no alto dele com a coroa de prata na cabeça, tentando enxergar por entre a rápida corrente na quilha do navio. Em seguida, suas irmãs apareceram das ondas e a fitavam com olhos cheios de tristeza, agitando suas mãos brancas. Acenava e sorria para elas, e teria gostado de lhes dizer que estava feliz e que tudo ia bem para ela. Mas o grumete surgiu exatamente naquele instante e as irmãs mergulharam, fazendo crer ao marinheiro que a coisa branca que vira era apenas espuma na água.

Na manhã seguinte, o navio entrou no porto da magnífica capital do rei vizinho. Os sinos das igrejas estavam tocando e, das torres, podia-se ouvir o toque de trompetes. Soldados saudaram com reluzentes baionetas e bandeiras coloridas. Todos os dias, havia festejo. Bailes e espetáculos se sucederam, mas a princesa ainda não tinha aparecido. As pessoas diziam que ela estava sendo criada e educada num templo sagrado, onde estava aprendendo todas as virtudes reais. Finalmente, ela chegou.

A Pequena Sereia estava ansiosa para ver a beleza dela e teve que admitir que nunca vira pessoa mais encantadora. Sua pele era clara e delicada e, por trás dos cílios longos e escuros, seus olhos azuis sorridentes brilhavam com muita sinceridade.

— É você — disse o príncipe. — Você é aquela que me salvou quando estava estendido na praia, semimorto.

E estreitou nos braços sua noiva, de face corada.

— Ó, estou muito feliz — ele disse à Pequena Sereia. — Meu desejo mais caro, mais do que eu ousava esperar, foi satisfeito. Você compartilhará da minha felicidade, porque é mais devotada a mim do que ninguém.

A Pequena Sereia beijou a mão dele e sentiu como se seu coração estivesse partido. O dia do casamento dele significaria a sua morte e ela se transformaria em espuma nas ondas do oceano.

Todos os sinos das igrejas repicavam enquanto os arautos percorriam as ruas para proclamar o noivado. Óleo perfumado queimava em preciosas lâmpadas de prata em cada altar. O padre balançava o incensário enquanto o noivo e a noiva uniam as mãos e recebiam a bênção do bispo. Vestida de seda e ouro, a Pequena Sereia segurava a cauda da noiva, mas seus ouvidos nunca tinham ouvido aquela música festiva e seus olhos nunca tinham visto os ritos sagrados. Ela pensava em sua última noite na terra e em tudo que havia perdido neste mundo.

Na mesma noite, os noivos embarcaram no navio. Os canhões troavam, as bandeiras brandiam e, no centro do navio, fora erguida uma suntuosa tenda de púrpura e ouro. Estava repleta de luxuosas almofadas para os recém-casados, que deveriam dormir ali naquela noite fresca e calma. As velas inflaram com a brisa e o navio deslizou leve e suavemente sobre os mares claros.

Quando escureceu, acenderam lanternas de várias cores e os marinheiros dançaram alegremente no convés. A Pequena Sereia não pôde deixar de pensar naquela primeira vez em que tinha emergido do mar e contemplado uma cena de festejos jubilosos igual a esta. E agora ela entrou na dança, desviando e precipitando-se com a leveza de uma andorinha acuada. Clamores de admiração a cumprimentaram de todos os cantos. Nunca antes ela dançara com tanta elegância. Era como se facas afiadas estivessem cortando seus delicados pés, mas ela não sentia nada, pois a ferida em seu coração era muito mais dolorosa. Ela sabia que aquela era a última noite que veria o príncipe, por quem abandonara sua família e seu lar, sacrificara sua linda voz e sofrera horas de agonia sem que ele suspeitasse de nada. Era a última noite em que respiraria o mesmo ar que ele ou contemplaria o mar profundo e o céu estrelado. Uma noite eterna, sem pensamentos ou sonhos, aguardava por ela, que não tinha alma e nunca ganharia uma. Tudo era regozijo e diversão a bordo até muito depois da meia-noite. Ela riu e dançou com os outros, embora em seu coração ruminasse a morte. O príncipe beijava sua adorável noiva, que brincava com seu cabelo escuro e, de braços dados, os dois se retiraram para a magnífica tenda.

O navio estava tranquilo e silencioso. Apenas o timoneiro estava junto ao seu leme. A Pequena Sereia inclinou-se com seus braços brancos na amurada e olhou para o leste, em busca do sinal da rósea aurora. O primeiro raio do sol, ela sabia, traria sua morte. De repente, viu suas irmãs emergindo. Estavam tão pálidas como ela própria, mas seus longos e belos cabelos não mais ondulavam ao vento — tinham sido cortados.

— Demos nosso cabelo à feiticeira — disseram elas — para que nos ajudasse a salvá-la da morte que a espera esta noite. Ela nos deu um punhal, veja, aqui está. Vê como é afiado? Antes do nascer do sol, você tem de cravá-lo no coração do príncipe. Então, quando o sangue morno dele tocar seus pés, eles se unirão e se transformarão numa cauda de peixe, e você será sereia de novo. Poderá voltar conosco para a água e viver seus trezentos anos antes de ser transformada em espuma do mar salgado. Apresse-se! Ou ele ou você morrerá antes do amanhecer. Nossa velha avó tem sofrido tanto que seu cabelo branco tem caído, como os nossos sob a tesoura da feiticeira. Mate o príncipe e volte para nós! Mas não demore, veja as estrias vermelhas no céu. Em poucos minutos, o sol despontará e então você morrerá. — Com um suspiro estranho e profundo, elas submergiram.

A Pequena Sereia afastou a cortina púrpura da tenda e viu a bela noiva adormecida, com a cabeça apoiada no peito do príncipe. Inclinando-se, ela beijou a nobre fronte dele e depois olhou para o céu, onde o rubor da aurora se tornava mais e mais luminoso. Fitou o punhal afiado em sua mão e novamente fixou os olhos no príncipe, que sussurrou o nome da noiva em seus sonhos — só ela estava em seus pensamentos. Levantou as mãos que tremiam enquanto empunhava o punhal — e então ela o lançou para longe nas ondas. A água ficou vermelha onde caiu, e algo parecido com gotas de sangue ressumou dela. Com um último olhar para o príncipe, os olhos esmaecidos, ela se jogou do navio para o mar e sentiu seu corpo se dissolver em espuma.

E logo o sol começou a subir do mar. Seus raios cálidos e suaves caíram sobre a espuma fria como a morte, mas a Pequena

A PEQUENA SEREIA

HELEN STRATTON

Sereia não tinha a sensação de estar morrendo. Ela viu o sol esplendoroso e, pairando ao seu redor, centenas de criaturas adoráveis — podia perfeitamente, através delas, ver as velas brancas do navio e as nuvens rosadas no céu. E a voz delas era a voz da melodia, embora etérea demais para ser ouvida por ouvidos mortais, assim como nenhum olho mortal poderia contemplá-las. Não tinham asas, mas sua leveza as fazia flutuar no ar. A Pequena Sereia viu que tinha um corpo como o delas e que estava se elevando cada vez mais acima da espuma.

— Onde estou? — perguntou, e sua voz soava como a dos outros seres, mais etérea do que qualquer música terrena podia soar.

— Entre as filhas do ar — responderam as outras. — Uma sereia não possui uma alma imortal, e jamais pode ter uma a menos que conquiste o amor de um ser humano. A eternidade de uma sereia depende de um poder que independe dela. As filhas do ar tampouco têm uma alma eterna, mas podem conseguir uma através de suas boas ações. Devemos voar para os países quentes, onde o ar pestilento significa morte para os seres humanos. Devemos levar brisas frescas. Devemos espalhar a fragrância das flores através do ar e enviar consolo e cura. Depois que tivermos praticado todo o bem que podemos em trezentos anos, conquistaremos uma alma imortal e teremos participação na felicidade eterna da humanidade. Você, pobrezinha, tentou com todo o seu coração fazer o que estamos fazendo. Você sofreu e perseverou e se elevou ao mundo dos espíritos do ar. Agora, com trezentos anos de boas ações, você também pode ganhar uma alma imortal.

A Pequena Sereia levantou seus braços de cristal para o céu e, pela primeira vez, conheceu o gosto das lágrimas.

No navio, havia muito alvoroço e sons de vida por todo lado. A Pequena Sereia viu o príncipe e a bela noiva à sua procura. Com enorme melancolia, eles fitavam a espuma perolada, como se soubessem que ela se precipitara nas ondas. Invisível, ela beijou a fronte da noiva, sorriu para o príncipe e em seguida, com as outras filhas do ar, subiu para uma nuvem rosa-avermelhada que atravessava o céu.

— Assim flutuaremos por trezentos anos, até finalmente chegarmos ao reino celestial.

— E podemos alcançá-lo ainda mais cedo — sussurrou uma das suas companheiras. — Invisíveis, flutuamos para dentro de lares humanos em que há crianças, e para cada dia que encontramos uma boa criança, que faz merecer o amor dos pais, Deus abrevia nosso tempo de sofrimento. A criança nunca percebe quando voamos em seu quarto e sorrimos com alegria, e assim um ano é reduzido dos trezentos. Mas quando vemos uma criança perversa ou maldosa, então, derramamos lágrimas de dor, e cada lágrima acrescenta mais um dia ao nosso tempo de provação.

A Bela Adormecida

JACOB E WILHELM GRIMM

Dornröschen | Alemanha | 1812

EM TEMPOS PASSADOS, viviam um rei e uma rainha que diziam um ao outro, todos os dias de suas vidas:

— Quem dera tivéssemos uma criança!

Ainda assim, eles não concebiam nenhum filho. Então, uma vez, quando a rainha estava se banhando, um sapo saltou para fora da água e, agachado no chão, disse-lhe:

— Teu desejo será cumprido. Antes que um ano se passe, trarás uma menina ao mundo.

Conforme o sapo havia previsto, a rainha deu à luz a uma filha tão linda que o rei não conseguiu se conter de alegria. Ele ordenou uma grande festa e não só convidou seus parentes, amigos e conhecidos, como também as mulheres sábias, a fim de que pudessem ser gentis e favoráveis para com a criança.

Existiam treze delas em seu reino, mas só havia doze pratos de ouro para elas comerem e, por isso, uma teve de ser deixada de fora.

A festa foi celebrada com todo o esplendor e, à medida que se aproximava do fim, as mulheres sábias aproximaram-se para apresentar à criança seus presentes maravilhosos: uma concedeu-lhe virtude; outra, beleza; uma terceira, riquezas, e assim por diante, dando à menina tudo o que havia no mundo para se desejar. Quando onze delas já haviam dito o que vieram dizer, surgiu a décima terceira, que não fora convidada, queimando de fúria e vingança. Sem cumprimentos ou respeito, gritou em alta voz:

— No seu décimo quinto aniversário, a princesa espetará o dedo num fuso de roca e morrerá!

Sem falar mais uma palavra, ela virou-se e deixou a sala. Todos estavam apavorados com tal agouro, quando a décima segunda veio à frente, pois ainda não havia concedido o seu dom. Embora não pudesse acabar com a profecia maligna, poderia amaciá-la. Então, ela disse:

— A princesa não morrerá, mas cairá em um sono profundo durante cem anos.

Ora, o rei, desejando salvar sua filha de tal infortúnio, ordenou que todos os fusos de fiar em seu reino fossem queimados.

A princesa cresceu, adornada com todos os dons das mulheres sábias. Ela era tão linda, modesta, doce, gentil e inteligente que ninguém que a visse poderia deixar de amá-la.

Um dia, quando a menina já estava com quinze anos de idade, o rei e a rainha viajaram para o exterior, deixando a jovem sozinha no castelo. Ela vagava por todos os cantos e recantos, e em todas as câmaras e salões, como bem entendesse, até que finalmente chegou a uma antiga torre. Subiu a escada estreita e sinuosa que a levou a uma pequena porta, com uma chave enferrujada encaixada na fechadura. Ela girou a chave e a porta se abriu. Lá, no quartinho, estava sentada uma velha com um fuso, diligentemente a fiar.

— Bom dia, senhora — disse a princesa. — O que você está fazendo?

— Estou a fiar — respondeu a velha, balançando a cabeça.

— Que coisa é esta que gira tão rápida? — perguntou a moça que, tomando o fuso na mão, começou a girá-lo. Mas assim que o tocou, a profecia maligna se cumpriu e ela espetou o dedo. Nesse exato momento, a princesa tombou de costas sobre a cama e lá ficou, em um sono profundo. Este sono caiu sobre todo o castelo. O rei e a rainha, que haviam retornado e estavam no grande salão, adormeceram, e com eles toda a corte. Os cavalos em suas baias, os cães no quintal, os pombos no telhado, as moscas na parede e o fogo que acendeu na lareira dormiram como o resto. A carne no espeto parou de assar, e o cozinheiro, que estava indo puxar o cabelo do ajudante de cozinha por algum erro que ele tinha feito, deixou-o ir e foi dormir. O vento cessou, e nem uma folha caiu das árvores sobre o castelo.

Então, ao redor daquele lugar, cresceu uma sebe de espinhos que ficava mais grossa a cada ano, até que finalmente todo o castelo estava escondido e nada dele podia ser visto, exceto o cata-vento no telhado. Um rumor chegou ao exterior sobre a bela Rosamond a dormir, pois assim era chamada a princesa. De tempos em tempos, apareciam muitos filhos de reis que tentavam forçar um caminho através da sebe; mas era impossível, pois os espinhos entrelaçavam-se como mãos fortes. Os jovens acabavam sendo capturados por eles e, incapazes de se libertar, tinham uma morte lamentável.

Muitos e longos anos depois, veio para o país um príncipe que ouviu a história de um velho sobre um castelo de pé atrás

KAY NIELSEN

da sebe de espinhos, onde jazia uma bela princesa encantada chamada Rosamond, adormecida há cem anos junto com o rei, a rainha e toda a corte. O velho ouvira de seu avô que os filhos de muitos reis tentaram atravessar a cerca, mas foram apanhados e perfurados pelos espinhos e tiveram uma morte miserável. Em seguida, disse o jovem:

— No entanto, eu não tenho medo de tentar. Conquistarei tal sebe e verei a bela Rosamond. — O velho bondoso tentou dissuadi-lo, mas ele não quis ouvir suas palavras.

Finalmente os cem anos estavam no fim, e o dia em que Rosamond deveria ser despertada havia chegado. Quando o príncipe se aproximou da cerca de espinhos, ela transformou-se em uma cerca de belas e grandes flores, que se curvaram para deixá-lo passar, fechando-se em seguida em uma sebe espessa. Ao chegar ao pátio do castelo, o rapaz viu os cavalos e cães de caça adormecidos e, no telhado, os pombos estavam sentados com as cabeças debaixo das suas asas. Já no castelo, as moscas na parede dormiam, o cozinheiro na cozinha tinha sua mão erguida para golpear seu ajudante, e a empregada estava com a galinha d'água preta no colo, pronta para ser depenada.

Em seguida, ele subiu mais alto e viu no salão toda a corte deitada, dormindo; acima deles, em seus tronos, dormiam o rei e a rainha. Ainda assim, o príncipe foi mais longe, e tudo estava tão silencioso que podia ouvir sua própria respiração. Finalmente, ele chegou à torre, subiu a escada em caracol e abriu a porta do pequeno quarto onde Rosamond jazia.

Quando a viu, tão adorável em seu sono, não pôde desviar os olhos; e, então, abaixou-se e beijou-a. A princesa despertou e, ao abrir os olhos, contemplou-o gentilmente. Ela levantou-se e eles saíram juntos. O rei, a rainha e a corte inteira despertaram, olhando uns para os outros com espanto. Os cavalos no pátio levantaram-se e se sacudiram; os cães levantaram e abanaram a cauda; os pombos no telhado tiraram as cabeças de debaixo das suas asas, olharam em volta e voaram para o campo; as moscas na parede rastejaram um pouco mais longe; o fogo da cozinha pulou, brilhou e cozinhou a carne; o espeto no forno começou a assar; o cozinheiro deu um tapa tão forte no seu ajudante que ele rugiu de dor, e a empregada continuou depenando as galinhas d'água.

Em seguida, o casamento do Príncipe e Rosamond foi realizado com todo o esplendor, e eles viveram muito felizes juntos, até o final de suas vidas.

JACOB E WILHELM GRIMM

Aschenputtel | Alemanha | 1812

ERA UMA VEZ UM HOMEM ABASTADO cuja esposa estava muito doente. Quando ela sentiu que seu fim estava próximo, chamou sua única filha para perto e disse:

— Filha amada, se fores boa e fizer suas orações fielmente, Deus sempre a ajudará e eu olharei por você do céu, assim estaremos juntas para sempre. — Então, ela fechou os olhos e expirou.

A moça visitava diariamente o túmulo de sua mãe e chorava. Nunca deixava de fazer suas orações. Quando o inverno veio e a neve cobriu o túmulo como um lençol branco e depois, quando o sol apareceu no início da primavera, derretendo-a, o homem rico casou-se novamente.

A nova esposa trouxe com ela duas filhas. Eram belas e formosas na aparência, mas tinham corações vis. Começavam tempos muito difíceis para a pobre Cinderela.

— Essa pata-choca estúpida há de se sentar na mesma sala com a gente? — disseram as irmãs. — Para comer, deve ganhar seu pão. Volte para a cozinha que é o seu lugar.

Elas tiraram todos os vestidos bonitos da moça e no lugar deram-lhe um vestido velho e cinza. E para os pés, sapatos de madeira para o desgaste.

— A princesinha orgulhosa, agora, olhe, que miserável — riram.

Então, a mandaram para a cozinha. E lá foi forçada a fazer trabalhos pesados de manhã até à noite: levantar-se cedo antes do nascer do sol, buscar água, fazer o fogo, cozinhar e lavar. Além disso, as irmãs fizeram o máximo para atormentá-la. Zombando-a, jogavam ervilhas e lentilhas no meio das cinzas e a faziam buscá-las. À noite, quando ela estava cansada com o trabalho de seu árduo dia, não tinha cama para deitar-se e era obrigada a descansar ao lado da lareira, entre as cinzas. E como ela sempre parecia empoeirada e suja, foi chamada de Cinderela[2].

Um dia, o pai foi ao mercado e perguntou às suas duas enteadas o que queriam que ele trouxesse.

— Roupas finas! — respondeu uma delas.

— Pérolas e joias! — disse a outra.

— O que você deseja, Cinderela? — perguntou ele.

— Pai — disse ela —, traga-me o primeiro galho que se opuser a seu chapéu no caminho de volta para casa[3].

---

2 O nome provém de *Cinderella*, que por sua vez origina-se da palavra *Cinder* (borralho em inglês) mais o sufixo feminino *ella*. Borralho é sinônimo de cinzas. O termo "gata borralheira" surgiu porque muitos gatos se escondiam nos borralhos de lareiras à noite, quando ficava muito frio e a pedra ainda estava morna, já que conseguiam descer pela chaminé. Os gatos ficavam sujos com as cinzas como Cinderela. [N.E.]

3 Com início temático semelhante à Bela e a Fera, a "boa filha" pede por presentes sem valor, como uma forma de demonstrar humildade. [N.E.]

Então, ele comprou para as duas enteadas roupas finas, pérolas e joias. E no caminho de volta, enquanto cavalgava por uma faixa verde, um galho de avelã chocou-se contra seu chapéu. Ele o quebrou e o levou para casa. Quando chegou em casa, deu às enteadas o que tinha comprado e para Cinderela deu o galho de avelã. Ela agradeceu e foi para a sepultura de sua mãe. Lá plantou o galho, chorando tão amargamente que as lágrimas caíram sobre ele, embebedando-o, e assim floresceu e tornou-se uma boa árvore. Cinderela a visitava três vezes ao dia, chorava e rezava. Toda vez que um passarinho branco sobrevoava a árvore e Cinderela proferia qualquer desejo, o pássaro o realizava.

Neste ínterim, o rei ordenara que fossem convidadas todas as mulheres bonitas e solteiras daquele país para um festival que duraria três dias. A festa era para que seu filho, o príncipe, escolhesse uma noiva entre todas as moças. Quando as duas enteadas souberam que também foram convidadas, sentiram-se muito satisfeitas, chamaram Cinderela e disseram:

— Penteie o nosso cabelo, limpe nossos sapatos, abotoe nossas fivelas rápido; vamos para a festa no castelo do rei.

Quando ouviu isso, Cinderela começou a chorar, pois ela também gostaria de ir ao baile, então pediu permissão à madrasta.

— Ó, você, Cinderela! — disse ela. — Você que está sempre toda coberta de pó e sujeira, quer ir à festa? Como você pretende ir, sendo que não tem vestido nem sapatos?

Mas, como ela insistiu, finalmente a madrasta disse:

— Se você puder, em até duas horas pegar todas as ervilhas que caíram nas cinzas, poderá ir conosco.

A moça foi até a porta dos fundos que dava para o jardim e gritou:

— Pombas, rolinhas e todas as aves do céu, venham e me ajudem a pegar as ervilhas das cinzas. As boas coloquem no prato, as ruins joguem na plantação ou comam.

Em seguida, vieram à janela da cozinha duas pombas brancas, depois algumas rolinhas e por último uma multidão de todos os outros pássaros do céu; cantando e vibrando, desceram por entre as cinzas. As pombas assentiram com a cabeça e começaram a pegar — *peck, peck, peck, peck* —, depois todas as outras aves começaram a colher — *peck, peck, peck, peck* — e colocaram todos os bons grãos no prato. Antes de uma hora, estava tudo feito e voaram. Então, a moça trouxe o prato para a madrasta, sentindo-se contente e pensando que agora poderia ir à festa, mas a madrasta disse:

— Não, Cinderela, você não tem roupa adequada, você não sabe dançar e todos ririam de você!

E quando Cinderela começou a chorar, a madrasta acrescentou:

— Se você puder escolher em uma hora dois pratos cheios de lentilhas das cinzas, poderá ir conosco.

E a madrasta pensou consigo mesma: *Ela não será capaz de apanhar tudo.*

Quando a madrasta saiu, a moça foi até a porta dos fundos de frente para o jardim e bradou:

— Pombas, rolinhas e todas as aves do céu, venham e me ajudem a pegar as lentilhas das cinzas. As boas, coloquem no prato, as ruins joguem na plantação ou comam.

Então vieram à janela da cozinha duas pombas brancas, depois algumas rolinhas e por último uma multidão de todos os outros pássaros do céu; cantando e vibrando, desceram por entre as cinzas. As pombas assentiram com a cabeça e começaram a pegar — *peck, peck, peck, peck* —, depois todas as outras aves começaram a colher — *peck, peck, peck, peck* — e colocaram todos os bons grãos no prato. E antes da meia-hora, tudo foi feito e voaram novamente. Então a donzela levou os pratos para a madrasta, sentindo-se contente e pensando que agora ela deveria ir à festa, mas a madrasta disse:

— Você não pode ir conosco, pois você não possui nada adequado para vestir e não sabe dançar, você nos envergonharia.

Ela virou as costas para a pobre Cinderela e apressou as suas duas filhas orgulhosamente.

Como não havia mais ninguém na casa, Cinderela correu até o túmulo de sua mãe e, sob o arbusto de avelã, clamou:

— Árvore pequenina, balance seus galhos sobre mim, que a prata e o ouro venham me cobrir.

Então, o pássaro jogou um vestido de ouro e prata e um par de sapatos bordados com seda e prata. Apressada, ela colocou o vestido e foi para o festival. Sua madrasta e irmãs não faziam ideia de quem era a moça, pensavam que deveria ser uma princesa estrangeira, tão bonita em seu vestido de ouro. Cinderela nunca pensou que isso pudesse acontecer com ela, que estava sempre em casa, escolhendo as lentilhas e ervilhas das cinzas.

O filho do rei veio ao seu encontro, tomou-a pela mão e dançou com ela. Depois, recusou-se a dançar com qualquer outra moça e o mesmo fazia quando outros rapazes pediam para dançar com a donzela. Ele apenas respondia:

— Ela é minha parceira.

Dançaram até anoitecer. Quando a noite chegou, ela queria ir para casa, mas o príncipe disse que iria escoltá-la, pois esperava saber onde a bela moça vivia. Porém, ela conseguiu fugir e saltou para dentro do pombal. O príncipe esperou até que o pai de Cinderela chegasse, e disse-lhe que a donzela desconhecida havia desaparecido dentro da casa dos pombos. O pai pensou: *Poderia ser Cinderela?*

ARTHUR RACKHAM

O pai pegou seu machado e colocou o pombal abaixo, mas não havia ninguém lá. Quando eles entraram na casa, lá estava Cinderela em sua roupa suja entre as cinzas, com óleo da lâmpada queimada em frente à lareira. Cinderela tinha sido muito rápida, saltando para fora do pombal e escapando de seu pai e do príncipe. Escondeu o vestido de ouro que usara atrás da árvore de avelã e o pássaro levou-o embora. Então, com seus trapos, sentou-se entre as cinzas na cozinha.

No dia seguinte, quando a festa começou de novo e os pais levaram suas meias-irmãs, Cinderela foi até a árvore de avelã e disse:

— Árvore pequenina, balance seus galhos sobre mim, que a prata e o ouro venham me cobrir.

Em seguida, o pássaro lançou um vestido ainda mais esplêndido do que o primeiro. E quando ela apareceu entre os convidados, todos estavam espantados com sua beleza. O príncipe estivera esperando; tomou-a pela mão e dançou com ela sozinho. E quando outra pessoa tentava convidá-la para dançar, dizia:

— Ela é minha parceira.

Quando a noite chegou, Cinderela queria ir para casa. O príncipe a seguiu, pois desejava saber a qual casa pertencia, mas ela fugiu mais uma vez e correu para o jardim na parte de trás da casa. Lá havia uma árvore bem grande, com peras esplêndidas, e ela pulou tão levemente entre os ramos que o príncipe não notou o que havia acontecido. Assim, ele esperou novamente até que o pai chegasse, disse-lhe que a moça desconhecida havia escapado dele e que acreditava que ela estava em cima da árvore de peras. O pai pensou: *Não poderia ser Cinderela?*

O pai pegou um machado e cortou a árvore, mas não havia ninguém nela. Quando entrou na cozinha, lá estava Cinderela entre as cinzas, como de costume, pois ela desceu pelo outro lado da árvore, levou de volta suas roupas bonitas para o pássaro da árvore de avelã e tinha posto suas velhas roupas novamente.

No terceiro dia, quando os pais e as irmãs partiram, Cinderela voltou à sepultura de sua mãe e disse para a árvore:

— Árvore pequenina, balance seus galhos sobre mim, que a prata e o ouro venham me cobrir.

Em seguida, o pássaro lançou um vestido como nunca fora visto, tão magnífico e brilhante, e os sapatos eram de ouro.

Quando ela apareceu com o vestido na festa, ninguém sabia o que dizer, tamanha a admiração. O príncipe dançou com ela sozinho e se qualquer um quisesse dançar com a moça, mais uma vez respondia:

— Ela é minha parceira.

Quando chegou a noite, Cinderela precisava ir para casa e o príncipe estava prestes a ir com ela, quando a moça correu tão rapidamente que ele não pôde segui-la. Mas ele tinha elaborado um plano e espalhou piche nas escadarias, de modo que, quando ela correu, seu sapato esquerdo ficou em um dos degraus. O príncipe pegou o sapato e viu que era de ouro, muito pequeno e delicado. Na manhã seguinte, ele foi até o pai de Cinderela e disse-lhe que ninguém deveria ser sua noiva senão aquela cujo pé no sapato de ouro se encaixasse. Em seguida, as duas irmãs ficaram muito felizes, porque tinham pés bonitos. A mais velha foi para o quarto para tentar colocar o sapato e a mãe foi com ela. Mas o sapato era pequeno demais e seu dedão não cabia, então, sua mãe entregou-lhe uma faca e disse:

— Corte o dedo do pé fora, pois quando for rainha, não precisará dele, já que nunca terá que andar a pé.

A menina cortou o dedo do pé fora, apertou o pé no sapato, engoliu a dor e desceu até o príncipe. Ele a levou em seu cavalo como sua noiva e partiu. Tiveram que passar pela sepultura da mãe de Cinderela. Lá estavam os dois pombos no arbusto de avelã, que clamaram:

> *Rôo crôo crôo, rôo crôo crôo,*
> *O sangue escorre do sapato "Lá vão eles, lá vão eles!"*
> *O pé é muito grande e muito largo,*
> *Há sangue escorrendo;*
> *Dê meia volta e leve a sua noiva verdadeira.*

O príncipe olhou para o sapato e viu o sangue fluindo. Ele deu meia-volta com seu cavalo e voltou à casa da noiva falsa, dizendo que ela não era a verdadeira e que a outra irmã deveria experimentar o sapato. A irmã mais nova entrou em seu quarto, provou o sapato de ouro; os dedos dos pés ficaram confortáveis, porém o calcanhar era grande demais. Em seguida, sua mãe entregou-lhe a faca e disse:

— Corte um pedaço de seu calcanhar, pois quando for rainha nunca precisará andar a pé.

A menina cortou um pedaço de seu calcanhar, enfiou o pé no sapato, calou a dor e foi até o príncipe, que apanhou sua noiva. Subiram no cavalo e partiram. Quando passaram pela aveleira novamente, os dois pombos disseram:

> *Rôo crôo crôo, rôo crôo crôo,*
> *O sangue escorre do sapato "Lá vão eles, lá vão eles!"*
> *O pé é muito grande e muito largo,*
> *Há sangue escorrendo;*
> *Dê meia volta e leve a sua noiva verdadeira.*

O príncipe olhou para o sapato e viu como o sangue fluía a partir do pé, as meias estavam completamente vermelhas de sangue. Ele voltou à casa da noiva mais uma vez e disse:

— Esta ainda não é minha noiva — disse ele. — Você não tem outra filha?

— Não — disse o homem —, minha falecida esposa deixou-me Cinderela, mas é impossível que ela seja a noiva.

Mas o filho do rei ordenou que ela fosse chamada, entretanto interveio a madrasta:

— Ó, não! Ela é muito suja para se apresentar.

Mas o príncipe insistiu e assim Cinderela tinha que aparecer.

Primeiro, ela lavou as mãos e o rosto até que ficassem completamente limpos, entrou e curvou-se diante do príncipe, que estendeu a ela o sapato de ouro. Ela se sentou em um

CARL OFFTERDINGER
E HEINRICH LEUTEMANN

CINDERELA

banquinho, tirou do pé o sapato de madeira pesado e colocou o dourado, que se adequou perfeitamente em seu pé. Quando ela se levantou, o príncipe olhou em seu rosto e soube que aquela era a bela moça que dançou com ele, exclamando:

— Esta é a noiva certa!

A madrasta e as duas irmãs ficaram horrorizadas e empalideceram de raiva, mas o príncipe colocou Cinderela em seu cavalo e partiu. E novamente, passaram pela árvore de avelã e os dois pombos brancos falaram:

Rôo crôo crôo, rôo crôo crôo,
O sangue não escorre no sapato,
O pé não é muito grande nem muito largo,
Sua verdadeira noiva está ao seu lado.

Enquanto eles saíam, os pombos voaram e pousaram nos ombros de Cinderela, um à direita, outro à esquerda, e assim permaneceram.

Em seu casamento com o príncipe, as irmãs falsas compareceram na esperança de beneficiarem-se e, claro, para participar das festividades. Assim como num cortejo nupcial, foram à igreja; a mais velha entrou do lado direito e a mais nova à esquerda. Os pombos bicaram um olho de cada vez das duas irmãs, deixando-as completamente cegas. E foram condenadas a ficarem cegas para o resto de seus dias por causa de suas maldades e falsidades.

Branca de Neve

JACOB E WILHELM GRIMM

Sneewittchen | Alemanha | 1812

CERTO DIA, NO MAIS FRIO DO INVERNO, quando flocos de neve do tamanho de penas pendiam do céu, uma rainha estava costurando, sentada perto de uma janela com moldura de ébano. Enquanto costurava, olhou para a neve, espetando o dedo na agulha, e três gotas de sangue caíram sobre a neve alvíssima.

O vermelho era tão bonito sobre o branco da neve que a rainha exclamou:

— Gostaria de ter uma filha branquinha como a neve, com a boca vermelha como o sangue e os cabelos tão negros como a moldura de ébano da minha janela.

Pouco tempo depois, deu à luz uma menininha que era branca como a neve, tinha os lábios vermelhos como o sangue e os cabelos negros como o ébano. Por isso, recebeu o nome de Branca de Neve. A rainha morreu logo após o nascimento da criança.

Um ano depois, o rei se casou com outra mulher. Era uma belíssima dama, porém muito orgulhosa e arrogante, não tolerava a ideia de que alguém pudesse ser mais bonita do que ela. Possuía um espelho mágico e, sempre que ficava diante dele para se admirar, perguntava:

— Espelho, espelho meu, quem é a mais bela de todas?

O espelho respondeu:

— Ó, Rainha, sois de todas a mais bela.

Então, ela sorria feliz, pois sabia que o espelho sempre falava a verdade.

Branca de Neve estava crescendo e a cada dia ficava mais e mais formosa. Quando chegou à idade de sete anos, ficou tão bonita quanto o dia brilhante e mais bela do que a própria rainha. Um dia, a madrasta perguntou ao espelho:

— Espelho, espelho meu, quem é a mais bela de todas?

O espelho respondeu:

— Minha Rainha, sois muito bela ainda, mas Branca de Neve é mil vezes mais linda.

Ao ouvir estas palavras, a rainha começou a tremer e seu rosto ficou verde de inveja. A partir daquele momento, passou a odiar Branca de Neve. Sempre que seus olhos pousavam nela, sentia seu coração frio como uma pedra. A inveja e o orgulho brotaram como ervas daninha em seu coração. De dia ou de noite, ela não tinha um momento de paz.

Um dia, chamou o caçador e ordenou:

— Leve a menina para a floresta. Nunca mais quero vê-la novamente. Traga-me seus pulmões e seu fígado como prova de que a matou.

O caçador obedeceu e levou a princesinha para um passeio na floresta. Em certo momento, Branca de Neve virou de repente e se deparou com o caçador com uma faca na mão, pronto para desferir-lhe um golpe mortal. Inocente, começou a chorar e a suplicar:

— Ai, querido caçador, poupe minha vida. Eu prometo correr para a floresta e nunca mais voltar.

Branca de Neve era tão bonita que o caçador teve pena dela e disse:

— Fuja, pobre criança.

Os animais selvagens irão devorá-la antes do tempo, pensou. E sentiu como se um grande peso fosse tirado de seu peito, pois não queria matar a menina. Naquele instante, passou ali um filhote de javali e o caçador o matou a estocadas, retirando em seguida seus pulmões e seu fígado para levá-los à rainha. Retornando ao palácio, entregou os órgãos à perversa que, exultante de satisfação, levou pessoalmente ao cozinheiro, dando-lhe instruções para fervê-los em salmoura. Depois de preparados, a rainha os comeu, pensando que estava se alimentando dos restos mortais da enteada.

Neste ínterim, a pobre menina vagava sozinha na vasta floresta. Estava muito assustada e começava a escurecer. Cada árvore e cada galho parecia tomar formas fantasmagóricas. Desesperada, pôs-se a correr cada vez mais adentro, embrenhando-se na mata, passando sobre pedras pontiagudas e arbustos espinhosos. De vez em quando, feras passavam por ela, mas não lhe faziam mal. Ela corria tão apavorada que mal sentia as pernas.

Ao cair da noite, viu ao longe uma pequena cabana e entrou para se abrigar. Nessa casa, todas as coisas eram minúsculas, mas tudo indescritivelmente limpo e organizado. Havia uma mesinha com sete pratinhos sobre uma toalha muito branca. Cada pratinho tinha uma colher pequena e, ao lado, sete garfinhos e sete faquinhas, sem esquecer as sete canequinhas.

Sedenta e com fome, Branca de Neve comeu algumas verduras, um pouco de pão de cada pratinho e tomou um gole de vinho de cada canequinha. Do outro lado, viu sete caminhas enfileiradas e, extenuada por tantas emoções, tentou deitar nelas, mas pareciam não lhe caber. A primeira era muito longa, a segunda muito curta, já a sétima caminha era perfeita. Então, ela fez sua oração e adormeceu profundamente.

Estava escuro lá fora quando os donos da casa retornaram. Eram sete anões garimpeiros que passavam o dia nas montanhas, escavando a terra em busca de minérios. Acenderam suas sete lanterninhas e, quando a casa se iluminou, perceberam que alguém tinha estado lá, pois nem tudo estava do jeito que tinham deixado.

O primeiro anão perguntou:

— Quem sentou na minha cadeirinha?

O segundo perguntou:

— Quem comeu no meu pratinho?

O terceiro perguntou:

— Quem comeu o meu pãozinho?

O quarto perguntou:

— Quem comeu minhas verdurinhas?

O quinto perguntou:

— Quem usou meu garfinho?

O sexto perguntou:

— Quem cortou com a minha faquinha?

O sétimo, enfim, perguntou:

— Quem bebeu na minha canequinha?

O primeiro anão olhou ao redor, reparou que seu lençol estava amassado, e disse:

— Quem subiu na minha caminha?

Os outros vieram correndo e cada um gritava: "Alguém dormiu na minha cama também". Até que os olhos do sétimo anão caíram sobre sua pequena cama e viram Branca de Neve ali, dormindo. Começou a gritar, chamando os outros que prontamente acudiram e ficaram tão assombrados que todos ergueram suas sete lanterninhas para ver melhor Branca de Neve.

— Meu Deus, meu Deus! — exclamavam boquiabertos. — É a mais bela criança que já vimos!

Os anões ficaram tão encantados com a princesinha que resolveram não acordá-la e deixaram-na dormindo na caminha. O sétimo anão dormiu por uma hora com cada um de seus companheiros durante a noite.

Pela manhã, Branca de Neve acordou. Quando viu os anõezinhos em volta de sua cama, olhando para ela, ficou bem assustada, mas eles foram muito amáveis e perguntaram:

— Qual é o seu nome?

— Meu nome é Branca de Neve — ela respondeu.

— Como você chegou à nossa casa?

Branca de Neve contou tudo que lhe acontecera, de como a madrasta mandou matá-la e como o caçador poupara sua vida. Contou que saiu correndo pela floresta por várias horas até chegar à cabana deles.

Os anões lhes disseram:

— Se cozinhar, arrumar as camas, lavar, costurar, tricotar e manter tudo limpo e organizado, pode ficar conosco, e nós vamos dar-lhe tudo que precisa.

— Sim, com prazer — ela respondeu.

Desde esse dia, Branca de Neve passou a cuidar da casa para os anões. De manhã bem cedo, eles saíam para trabalhar no alto das montanhas em busca de ouro e prata. Ao cair da noite, voltavam e encontravam um gostoso jantar prontinho, à espera deles. Como a menina passava os dias sozinha, os bons anões recomendaram seriamente:

CARL OFFTERDINGER
E HEINRICH LEUTEMANN

— Cuidado com sua madrasta. Em breve, ela vai saber que você está aqui. Não deixe ninguém entrar na casa.

A rainha, porém, acreditando que havia comido os pulmões e o fígado de Branca de Neve, estava certa de que agora era a mulher mais linda do mundo. Foi até o espelho e perguntou:

— Espelho, espelho meu, quem é a mais bela de todas?

O espelho respondeu:

— És sempre bela, minha Rainha. Mas na colina distante, cercada por sete anões, Branca de Neve ainda vive e floresce, e sua beleza jamais foi superada.

Ao ouvir essas palavras, a rainha ficou abismada, pois sabia que o espelho era encantado e por isso não podia mentir. Depois, quase explodiu de tanto ódio ao compreender que o caçador a enganara e que Branca de Neve continuava viva. Não perdeu tempo e, cheia de inveja, pôs-se imediatamente a maquinar uma maneira de se livrar dela.

Desceu aos porões do castelo onde costumava praticar feitiçaria e, utilizando seus conhecimentos de bruxa, ficou irreconhecível, tornando-se semelhante a uma velha. Nesse disfarce, viajou para além das sete colinas até a casa dos sete anões. Lá chegando, fingiu ser uma vendedora e anunciou:

— Belas mercadorias, preço excelente.

Ouvindo isso, Branca de Neve olhou pela janela e disse:

— Bom dia, minha senhora. O que você tem para vender?

— Coisas boas, coisas bonitas — a bruxa respondeu. — Os mais finos cordões para corpete. — E puxou rendas e tecidos de seda de muitas cores.

Eu posso deixar esta boa mulher entrar, pensou Branca de Neve e, correndo o ferrolho da porta, comprou o cordão mais bonito.

A bruxa, muito esperta, disse:

— Ó, minha filha, você é tão bonita, mas está tão desarrumada. Venha, deixe que eu ajeite o cordão para você.

Branca de Neve, completamente inocente, colocou-se diante da velha e deixou que ela lhe arrumasse. A perversa apertou tanto o cordão e tão depressa que Branca de Neve ficou sem fôlego e caiu desmaiada, como se estivesse morta.

— Agora quero só ver quem é, afinal, a mais bela de todas — disse a velha, que logo fugiu.

Não demorou a anoitecer e os sete anões voltarem para casa. Quando entraram, deram com sua amada Branca de Neve estendida no chão e ficaram horrorizados. Ela não se movia, e eles acreditavam que ela estivesse morta. Ergueram-na para colocá-la sobre a cama, quando perceberam o cordão do corpete fortemente amarrado e, então, o cortaram em dois. A princesinha começou a respirar e pouco a pouco voltou à vida. Quando os anões souberam o que tinha acontecido, advertiram:

— A velha vendedora era a rainha disfarçada. Tome mais cuidado e não deixe ninguém entrar, a menos que estejamos em casa.

Assim que chegou ao castelo, a primeira coisa que a rainha fez foi dirigir-se ao espelho e perguntou:

— Espelho, espelho meu, quem é a mais bela de todas?

O espelho respondeu como sempre fazia:

— Aqui está a mais bela, minha Rainha querida. Branca de Neve ainda vive e floresce e sua beleza jamais foi superada.

Ao ouvir as palavras do espelho, a rainha ficou possessa de raiva e o sangue gelou em suas veias.

— Mas desta vez — ela disse — vou sonhar com algo que irá destruí-la.

Usando toda a bruxaria em seu poder, ela criou um pente envenenado. Então, mudou de roupa e se disfarçou mais uma vez como uma velha mulher. Viajou para além das sete colinas, até a casa dos sete anões, bateu à porta e gritou:

— Belas mercadorias, preço excelente.

Branca de Neve olhou pela janela e disse:

— Vá embora, não posso deixar ninguém entrar.

— Mas você pode pelo menos dar uma olhada — disse a velha, que tirou o pente envenenado e ergueu-o no ar.

A princesinha gostou tanto que, completamente inocente, abriu a porta. Quando acordaram o preço, a velha afirmou:

— Agora vou dar ao seu cabelo um bom penteado.

A pobre Branca de Neve não suspeitou de nada e deixou a mulher seguir em frente. Assim que o pente tocou seus cabelos, o veneno fez efeito e a menina caiu sem sentidos no chão.

— Você está acabada — disse a malvada mulher, correndo para longe.

Felizmente, os anões estavam a caminho da cabana, pois era quase noite. Quando chegaram, viram Branca de Neve no chão como se estivesse morta e suspeitaram da madrasta imediatamente. Ao examiná-la, descobriram o pente envenenado. Logo que o puxaram, Branca de Neve recobrou à vida e disse-lhes o que tinha acontecido. Novamente, avisaram-na para não para abrir a porta a ninguém.

No castelo, em frente ao espelho a rainha perguntou:

— Espelho, espelho meu, quem é a mais bela de todas?

O espelho respondeu como antes:

— Aqui está a mais bela, minha Rainha querida. Branca de Neve é a mais bela que já vi.

— Branca de Neve tem que morrer! — vociferou. — Mesmo que me custe a vida.

A rainha entrou no calabouço, onde ninguém jamais pôs os pés, e fez uma maçã envenenada. A aparência da fruta encantada era maravilhosa — branca com as faces vermelhas —, se você a visse, você ansiaria comê-la. Mas bastaria a menor mordida para levar-lhe à morte.

Assim que terminou de preparar a maçã enfeitiçada, usando de artimanhas, transmutou-se desta vez na forma de uma velha camponesa e partiu para além das sete colinas, até a casa dos sete anões.

A bruxa bateu à porta. Branca de Neve olhou pela janela e disse:

— Não posso deixar ninguém entrar. Os sete anões não permitem isso.

— Está tudo bem — respondeu a velha camponesa. — Vou me livrar das minhas maçãs em breve. Aqui, vou lhe dar uma.

— Não — disse Branca de Neve. — Não devo aceitar nada de estranhos.

— Você tem medo de que esteja envenenada? — perguntou a velha. — Olhe, vou cortar a maçã ao meio. Você come a metade vermelha e eu como a outra branca.

A maçã havia sido feita de modo astucioso, apenas a parte vermelha tinha veneno. Branca de Neve estava com água na boca de tanto desejo pela bonita maçã e, quando viu a camponesa morder seu pedaço, não resistiu. Estendeu a mão para fora da janela e pegou a outra metade. Assim que mordeu, caiu morta no chão. A rainha, triunfante, olhou-a caída e desatou a rir:

— Branca como a neve, boca vermelha como o sangue, cabelos negros como o ébano! Desta vez, aqueles horríveis anões não conseguirão trazê-la à vida.

Chegando ao castelo, dirigiu-se de imediato ao espelho mágico e perguntou:

— Espelho, espelho meu, quem é a mais bela de todas?

E, finalmente, a resposta:

— Ó Rainha, sois vós a mais bela do reino.

E a invejosa rainha mal podia se conter de tanta felicidade.

Ao cair da noite, os anões voltaram para casa e encontraram Branca de Neve caída no chão. Nem um sopro de ar em seus

DARSTELLUNG VON ALEXANDER ZICK

lábios. Ela estava morta. Ergueram-na para procurar algo em volta que pudesse ser venenoso. Desamarraram-lhe o corpete, pentearam-lhe o cabelo, lavaram-na com água e vinho, mas tudo foi em vão. A criança querida se fora e nada poderia trazê-la de volta. Depois de colocá-la em um esquife, todos os sete anões se sentaram ao redor e a velaram. Choraram a mais profunda tristeza durante três dias. Estavam prestes a enterrá-la, mas ela ainda parecia tão viva com as belas bochechas vermelhas!

Um dos anões disse:

— Não podemos enterrá-la.

E, então, construíram um caixão de vidro transparente, que permitia Branca de Neve ser vista por todos os lados, com inscrições em ouro com seu nome e os dizeres que ali estava a filha de um rei. Levaram o caixão até o topo de uma montanha e mantinham sempre um deles em vigília. Os animais também foram lamentar por Branca de Neve; primeiro uma coruja, depois um corvo e, por último, uma pomba.

Branca de Neve permaneceu no caixão por um longo e longo tempo. Entretanto, seu corpo não se decompôs e dava a impressão de estar dormindo. Suas feições continuavam as mesmas, branca como a neve, boca vermelha como o sangue e cabelos negros como o ébano.

Certo dia, o filho de um poderoso rei atravessava a floresta quando chegou à casa dos anões para pedir hospedagem por uma noite. Quando subiu no alto da montanha, à procura dos donos da cabana, deparou-se com o caixão e a bela Branca de Neve deitada dentro dele, rodeado pelos sete anões. Leu os dizeres em letras douradas e, encantado com a beleza da princesinha, disse:

— Deixai-me levar o caixão. Eu darei o que pedirem.

Os anões responderam:

— Nós não venderíamos nem por todo o ouro do mundo.

O príncipe respondeu:

— Deem-me, então, como presente, pois depois que a vi não posso mais viver sem ela. Vou honrá-la e tratá-la como se fosse minha amada.

Os bons anões, comovidos com o profundo sentimento do príncipe, se apiedaram dele e lhe entregaram o caixão. O príncipe mandou vir seus servos, a quem ordenou que pusessem o ataúde sobre os ombros e o transportassem. Mas aconteceu que tropeçaram em um arbusto e o solavanco desprendeu o pedaço de maçã envenenada alojado na garganta de Branca de Neve. Ela prontamente voltou à vida e exclamou:

— O que aconteceu, onde estou?

O príncipe, radiante de alegria, disse:

— Você vai ficar comigo. — E contou-lhe o que acontecera. — Eu te amo mais que tudo no mundo! Venha comigo para o castelo de meu pai, seja minha noiva!

Branca de Neve sentiu um grande amor pelo príncipe e partiu com ele. Em breve, as núpcias foram celebradas com enorme esplendor.

A perversa madrasta de Branca de Neve também foi convidada para a festa do casamento. Vestiu suas mais belas roupas, postou-se diante do espelho e perguntou:

— Espelho, espelho meu, quem é a mais bela de todas?

O espelho respondeu:

— Minha Rainha, sois muito bela ainda, mas a jovem rainha é mil vezes mais linda.

A malvada mulher soltou uma maldição e estava tão paralisada de raiva que não sabia o que fazer. No começo, não queria comparecer à festa de casamento. Mas resolveu ir e conhecer a jovem rainha.

Quando entrou no castelo, Branca de Neve a reconheceu no mesmo instante. A madrasta, ao perceber que se tratava da princesinha, ficou tão aterrorizada que não conseguiu ceder um centímetro dali. Sapatos de ferro já haviam sido aquecidos para ela sobre fogo em brasas. Foram levados por tenazes e colocados bem na sua frente.

A bruxa foi obrigada a calçar os sapatos de ferro em brasa e dançar em torno de si até, finalmente, cair morta.

Chapeuzinho Vermelho

CHARLES PERRAULT

Le Petit Chaperon Rouge | França | 1697

ERA UMA VEZ UMA MENINA de um povoado, a mais linda que você já viu ou conheceu. Sua mãe era fascinada por ela e sua avó era ainda mais, tendo feito um casaco vermelho com capuz para a menina, que lhe cabia tão bem que, aonde quer que ela fosse, era conhecida como Chapeuzinho Vermelho.

Certo dia, a mãe tinha feito alguns bolos e disse a ela:

— Vá ver como sua avó está, pois eu soube que ela estava doente; leve um bolo e este potinho de manteiga para ela.

Logo em seguida, Chapeuzinho Vermelho saiu sem demora em direção ao povoado em que a avó morava. No caminho, precisava passar por uma floresta, e lá encontrou aquele velho camarada astuto, o sr. Lobo, que achou que deveria comê-la imediatamente, mas tinha medo de fazer isso, pois havia lenhadores por perto. Ele perguntou para onde ela ia, e a pobre menina, sem saber como era perigoso parar e ouvir um lobo, respondeu:

— Estou indo ver minha avó e estou levando um bolo e um potinho de manteiga que minha mãe mandou.

— Ela mora longe daqui? — perguntou o Lobo.

— Ah, sim! — respondeu Chapeuzinho Vermelho. — No lado mais distante daquele moinho que você vê ali; a casa dela é a primeira do povoado.

— Bem, eu estava pensando em visitá-la também — retrucou o Lobo —, então vou pegar este caminho e você pega o outro, e vamos ver quem chega lá primeiro.

O Lobo começou a correr o mais rápido possível pelo caminho mais curto, que ele havia escolhido, enquanto a menina seguia pelo caminho mais comprido e se divertia colhendo nozes ou perseguindo borboletas e fazendo pequenos ramalhetes com todas as flores que encontrava.

Não levou muito tempo para o Lobo chegar à casa da avó. Ele bateu: *toc, toc.*

— Quem está aí?

— É sua netinha, Chapeuzinho Vermelho — respondeu o Lobo, imitando a voz da menina. — Trouxe um bolo e um potinho de manteiga que minha mãe mandou.

A boa avó, que estava doente na cama, gritou:

— Puxe o carretel e o trinco vai subir.

O Lobo puxou o carretel e a porta se abriu. Ele pulou em cima da pobre velhinha e a comeu em pouco tempo, pois estava sem comer havia três dias. Em seguida, fechou a porta e se deitou na cama da avó para esperar Chapeuzinho Vermelho. Nesse instante, ela chegou e bateu à porta: *toc, toc.*

— Quem está aí?

Chapeuzinho Vermelho ficou com medo no início, ao ouvir a voz rouca do Lobo, mas, pensando que a avó estava resfriada, respondeu:

— É sua netinha, Chapeuzinho Vermelho. Trouxe um bolo e um potinho de manteiga que minha mãe mandou.

O Lobo gritou, desta vez com uma voz mais suave:

— Puxe o carretel e o trinco vai subir.

Chapeuzinho Vermelho puxou o carretel e a porta se abriu.

Quando o Lobo a viu entrar, se escondeu embaixo das cobertas e disse:

— Coloque o bolo e o potinho de manteiga no armário e venha para a cama comigo.

Chapeuzinho Vermelho tirou o casaco e foi para o lado da cama, mas ficou perplexa ao ver como a avó parecia diferente de quando estava de pé e vestida.

— Vovozinha — exclamou ela —, que braços compridos você tem!

— É para abraçar você melhor, minha menina.

— Vovozinha, que pernas compridas você tem!

— É para correr melhor, querida.

— Vovozinha, que orelhas compridas você tem!

— É para ouvir melhor, querida.

— Vovozinha, que olhos enormes você tem!

— É para ver melhor, querida.

— Vovozinha, que dentes enormes você tem!

— É para comer você melhor! — E, ao dizer essas palavras, o Lobo malvado pulou em cima da Chapeuzinho Vermelho e a comeu.

Ora, crianças, tomem cuidado e, principalmente, eu rezo
Vocês, mocinhas, tão delicadas e belas,
Quando encontram todo tipo de gente, tenham cuidado

CARL OFFTERDINGER
E HEINRICH LEUTEMANN

Para não ouvir o que eles podem dizer;
Pois não se pode achar estranho se você o fizer,
Se o Lobo decidir comer algumas.
O Lobo, digo aqui, pois vocês vão descobrir
Que existem muitos lobos de raças diferentes;
Alguns têm modos calmos e são domesticados,
Sem malícia ou temperamento, iguais,
A maioria prestativos e doces do seu jeito,
Gostam de seguir suas presas jovens,
E vão rastreá-las até suas casas — todo dia!
Quem, entre nós, não aprendeu até agora a saber,
Os lobos mais perigosos são inimigos gentis e de língua afiada!

O Bravo Soldado de Chumbo

HANS CHRISTIAN ANDERSEN

Den standhaftige tinsoldat | Dinamarca | 1838

HAVIA, CERTA VEZ, vinte e cinco soldados de chumbo[4] que eram todos irmãos, pois foram feitos da mesma velha colher de chumbo. Eles empunhavam armas, olhavam para a frente e vestiam um esplêndido uniforme vermelho e azul. As primeiras palavras que ouviram no mundo foram "Soldados de chumbo!", pronunciadas por um garotinho que bateu palmas com deleite quando a tampa da caixa, dentro da qual eles deitavam, foi retirada. Eles lhe foram dados como um presente de aniversário, e o menino foi à mesa

---

[4] No original dinamarquês, o metal utilizado é o latão, podendo ser composto de chumbo. [N.E.]

para enfileirá-los. Os soldados eram todos iguais, exceto um, que tinha apenas uma perna; ele tinha sido deixado por último, e já não havia o bastante do chumbo derretido para terminá-lo. Por isso, foi modelado para ficar firmemente de pé sobre uma perna, o que o tornava bastante notável.

A mesa sobre a qual estavam os soldados de chumbo estava coberta com outros brinquedos, mas o mais atraente de se observar era um belo castelo de papel. Através das pequenas janelas, podia-se ver os cômodos; à sua frente, algumas árvores pequeninas cercavam um espelho que deveria representar um lago transparente. Gansos feitos de cera nadavam ali e eram refletidos nele. Tudo era muito bonito, porém a mais bela de todas era uma dama pequenininha, que ficava na porta aberta do castelo; ela também era feita de papel e usava um vestido de musselina clara, com um laço azul estreito sobre os ombros, como um cachecol. Em cima dele, foi colocada uma rosa de ouropel brilhante, tão grande quanto o rosto todo da senhorita. A pequena dama era uma dançarina; esticava ambos os braços e levantava uma de suas pernas tão alto que o soldado de chumbo não conseguia vê-la toda, e ele pensou que ela também tinha só uma perna.

Essa é a esposa ideal para mim, pensou. *Mas ela é tão imponente e mora em um castelo, enquanto eu tenho apenas uma caixa onde viver, com vinte e cinco de nós juntos. Isso não é lugar para ela. Ainda assim, devo tentar conhecê-la.*

Então ele se deitou completamente na mesa, atrás de uma caixa de rapé que havia ali, de forma que conseguisse espiar a pequena e delicada dama, que continuava a se sustentar sobre uma perna, sem perder o equilíbrio. Quando a noite chegou, os outros soldados foram colocados na caixa, e as pessoas da casa foram dormir. Então, os brinquedos começaram a fazer seus próprios jogos, a visitar uns aos outros, a brigar de mentirinha e a dar bailes. Os soldados de chumbo mexiam-se em sua caixa; eles queriam sair e juntar-se à diversão, mas não conseguiam abrir a tampa. Os quebra-nozes pulavam carniça, e o lápis saltitava pela mesa. Havia tanto barulho que o canário acordou e começou a falar, e em verso. Apenas o soldado de chumbo e a dançarina permaneciam em seus lugares. Ela se mantinha na ponta do pé, com as pernas esticadas, tão firmemente quanto ele ficava em uma perna só. Ele jamais tirou os olhos dela, nem por um momento. O relógio tocou às doze e, com um ressalto, abriu-se a tampa da caixa de rapé; porém, em vez de rapé, saiu de lá um pequeno troll[5] preto; pois a caixa de rapé também era um brinquedo.

— Soldado de chumbo — disse o troll —, não deseje o que não te pertence.

Mas o soldado de chumbo fingiu não ouvir.

— Está bem. Espere até amanhã, então — disse o troll.

Quando as crianças vieram na manhã seguinte, colocaram o soldado de chumbo na janela. Se foi o troll quem o fez ou a corrente de ar, não se sabe; porém a janela abriu-se e lá se foi o soldado, girando do terceiro andar até a rua lá embaixo. Foi uma queda terrível, pois caiu de cabeça; seu capacete e sua baioneta ficaram presos entre as lajes e sua única perna, para cima. A empregada e o garotinho desceram as escadas imediatamente para procurá-lo; mas ele parecia não estar em lugar algum, ainda que uma vez eles quase tenham pisado nele. Se ele tivesse gritado "Estou aqui!", estaria tudo bem, mas era orgulhoso demais para pedir ajuda enquanto usava um uniforme.

---

[5] No original dinamarquês foi usado "trold", uma tradução de troll. Em inglês, preferiram alterar para "goblin", semelhante ao nosso duende. [N.E.]

HANS TEGNER

Logo começou a chover, e as gotas caíam cada vez mais rápido, até virar um aguaceiro. Quando acabou, dois garotos passaram por perto, e um deles disse:

— Olha, é um soldado de chumbo! Ele precisa de um barco para navegar.

Então os meninos fizeram um barco com um jornal, colocaram o soldado dentro e mandaram-no navegar pela sarjeta, enquanto corriam ao seu lado e batiam palmas.

Santo Deus, que ondas grandes surgiram naquela sarjeta! E quão veloz a corrente seguia! A chuva tinha sido muito pesada... O barco de papel balançava para cima e para baixo, e virou algumas vezes tão rapidamente que o soldado de chumbo tremeu, mas continuou firme; seu semblante não mudou e ele olhava para a frente, empunhando seu mosquete. De repente, o barco lançou-se sob uma ponte que fazia parte de um bueiro, e então tudo ficou escuro como a caixa do soldado de chumbo.

Onde estarei indo agora?, pensou. Isso é culpa do troll, tenho certeza. Ah, bem, se a pequena dama estivesse aqui comigo no barco, eu não me importaria com nenhuma escuridão...

Quando menos esperou, apareceu um enorme rato d'água que vivia por ali.

— Você tem um passaporte? — perguntou o rato. — Dê-me imediatamente.

Mas o soldado de chumbo permaneceu em silêncio e segurou seu mosquete mais firmemente do que nunca. O barco navegou adiante e o rato o seguiu. Como ele rangeu os dentes e gritou para os pedaços de madeira e palha!

— Parem-no, parem-no! Ele não pagou pedágio e não mostrou o passe!

Porém, a correnteza prosseguia cada vez mais forte. O soldado de chumbo já podia ver a luz do sol brilhando onde o arco findava. Logo, ouviu um tipo de rugido terrível o bastante para amedrontar o homem mais bravo. No final do túnel, o esgoto caía em uma larga valeta, em um lugar íngreme, o que fazia aquilo tão perigoso para ele como uma cachoeira seria para nós. Ele estava perto demais para parar; então o barco seguiu, e o pobre soldado de chumbo pôde apenas segurar-se o mais rigidamente possível, sem mover uma pálpebra para mostrar que não estava com medo. O barco rodopiou umas três ou quatro vezes, e então encheu-se de água até a borda; nada poderia impedi-lo de afundar. O soldado agora estava em pé, com água até o pescoço, enquanto o barco afundava mais e mais, e o papel tornou-se mole com a umidade. Até que enfim, a água fechou-se sobre sua cabeça. Ele pensou na pequena dançarina elegante que jamais veria novamente, e as palavras da canção soaram em seus ouvidos:

— Cuidado, cuidado soldado! Ou a morte pode estar ao seu lado!

Então o barco desmanchou-se, o soldado afundou na água e, imediatamente depois, foi engolido por um grande peixe. Oh, como estava escuro lá dentro! Um bocado mais escuro que no túnel, e mais estreito também, mas o soldadinho de chumbo continuou firme e manteve-se esticado, empunhando seu mosquete. O peixe nadou para lá e cá, fazendo os mais maravilhosos movimentos, porém por fim ficou muito quieto. Depois de um tempo, um faixo de luz o atravessou, e então a luz do dia aproximou-se. Uma voz gritou:

— Eu declaro que aqui está o soldado de chumbo.

O peixe havia sido pego, levado ao mercado e vendido à cozinheira, que o levou para a cozinha e o abriu com um facão. Ela levantou o soldado, segurou-o pela cintura entre seu indicador e polegar e dirigiu-se até a sala. Estavam todos ansiosos para ver esse maravilhoso soldado que havia viajado dentro de um peixe; mas ele não estava nem um pouco orgulhoso. Eles o puseram sobre a mesa, e — quantas coisas curiosas acontecem no mundo! — lá estava o soldadinho na mesmíssima sala da janela da qual ele havia caído! Lá estavam as mesmas crianças, os mesmos brinquedos sobre a mesa, e o mesmo belo castelo com a pequena dançarina elegante à porta; ela ainda se equilibrava sobre uma perna e levantava a outra, tão firme quanto ele. Vê-la tocou tanto o soldado de chumbo que ele quase chorou lágrimas de chumbo, mas as segurou. Apenas a olhou, e os dois permaneceram em silêncio. Todavia, um dos garotinhos pegou o soldado de chumbo e o jogou no fogão. Ele não tinha razão para fazê-lo, portanto deve ter sido culpa do troll preto da caixa de rapé. As chamas acenderam o soldado e o calor era bastante terrível, mas se era proveniente do fogo real ou do fogo do amor, ele não sabia dizer. Então, ele viu que as cores brilhantes desapareceram de seu uniforme — se tinham sido lavadas durante sua jornada ou se era efeito de sua tristeza, não se poderia dizer. Ele olhou para a pequena dama, e ela devolveu o olhar. Ele se sentiu derreter, contudo, ainda se manteve firme, com sua arma em seu ombro. De repente, a porta da sala se abriu e a corrente de ar pegou a pequena dama; ela flutuou como uma sílfide para dentro do fogão ao lado do soldado e, em instantes, ficou em chamas e sumiu. O soldado de chumbo dissolveu-se em um caroço e, na manhã seguinte, quando a empregada levou as cinzas do fogão, ela o achou na forma de um pequenino coração de chumbo. Mas, da pequena dançarina, nada restou, exceto a rosa de ouropel, que ficou enegrecida pelas brasas.

JACOB E WILHELM GRIMM

Rapunzel | Alemanha | 1812

ERA UMA VEZ um homem e uma mulher que há muito tempo desejavam inutilmente ter um filho. Finalmente, a mulher pressentiu que sua fé estava prestes a conceder-lhe o desejo.

Na casa deles, havia uma pequena janela na parte dos fundos, pela qual se via um magnífico jardim cheio das mais belas flores e das mais viçosas hortaliças. Em torno deste vasto jardim, erguia-se um muro altíssimo que ninguém se atrevia a escalar, porque tudo pertencia a uma temida e poderosa feiticeira.

Um dia, a mulher debruçou-se na janela e, olhando para o jardim, viu um pequeno canteiro onde era plantado rapunzel, um tipo de alface. As folhas pareciam tão frescas e verdes que abriram seu apetite e ela sentiu um enorme desejo de prová-las. Esse desejo aumentava a cada dia, mas ela sabia que jamais poderia comer daquele rapunzel. Até que começou a definhar e empalidecer. Então, o marido se assustou e perguntou:

— O que tens, esposa querida?

— Ah — ela respondeu —, vou morrer se eu não puder comer um pouco daquele rapunzel do jardim atrás de nossa casa.

O homem, que a amava muito, pensou: *Preciso conseguir um pouco daquele rapunzel antes que minha esposa morra, custe o que custar!*

Ao cair da noite, o marido subiu no muro, pulou para o jardim da feiticeira, arrancou às pressas um punhado de rapunzel e levou para sua mulher. Ela fez imediatamente uma saborosa salada e comeu ferozmente. Estava tudo tão gostoso, mas tão gostoso, que no dia seguinte seu apetite por ele triplicou. Então, o marido não viu outra forma de acalmar a esposa, senão buscar mais um pouco.

Na escuridão da noite, pulou novamente o muro. Mas assim que pôs os pés no jardim, ele foi terrivelmente surpreendido pela feiticeira que estava em pé bem diante dele.

— Como ousa entrar em meu jardim e roubar meu rapunzel como um ladrãozinho barato? — disse ela com os olhos chispando de raiva. — Há de sofrer por isso!

— Ó, por favor — implorou ele —, tenha misericórdia, fui coagido a fazê-lo. Minha esposa viu seu rapunzel pela janela e sentiu um desejo tão intenso que morreria se não o comesse.

A feiticeira se acalmou e disse-lhe:

— Se o que está dizendo é verdade, permitirei que leve tanto rapunzel quanto queira. Só imporei uma condição: irá me dar a criança que sua mulher vai trazer ao mundo. Cuidarei dela como se fosse sua própria mãe e nada lhe faltará.

O homem, em seu terror, consentiu com tudo. Quando a esposa deu à luz, a feiticeira apareceu pontualmente, levou a criança e deu-lhe o nome de Rapunzel.

Rapunzel cresceu e se tornou a criança mais bonita sob o sol. Quando fez doze anos, a feiticeira a levou para a floresta e trancou-a em uma torre que não tinha escadas, nem portas.

Apenas bem no alto havia uma pequena janela. Quando a velha desejava entrar, colocava-se embaixo da janela e gritava:

— Rapunzel, Rapunzel, jogue suas tranças!

Rapunzel tinha magníficos cabelos compridos, finos como fios de ouro. Quando ouvia o chamado da feiticeira, desenrolava suas tranças e prendia os cabelos em um dos ganchos da janela. Assim, as tranças caíam até o chão e a feiticeira subia por elas.

Depois de um ou dois anos, o filho de um rei estava cavalgando pela floresta e passou pela torre. Quando estava bem próximo, ouviu uma voz encantadora e parou para ouvir a bela melodia. Esta era Rapunzel, que em sua completa solidão passava seus dias cantando. O príncipe queria subir e procurou em volta da torre uma porta, mas nenhuma foi encontrada. Ele montou em seu cavalo e voltou para o castelo.

Sobretudo, o canto tinha tocado tão profundamente seu coração que passou a ir à floresta todos os dias, até a torre, para ouvir a doce voz. Certa vez, ele estava em pé atrás de uma árvore, quando viu a feiticeira e a ouviu clamando:

— Rapunzel, Rapunzel, jogue suas tranças!

Então, a moça jogou as tranças e a feiticeira subiu até ela. *Se essa é a escada pela qual se sobe à torre, também tentarei eu subir*, pensou ele.

E no dia seguinte, quando começou a escurecer, o príncipe foi para a torre e gritou:

— Rapunzel, Rapunzel, jogue suas tranças!

Imediatamente, o cabelo caiu e o filho do rei subiu.

Assim que o viu, Rapunzel ficou terrivelmente assustada, pois nunca tinha visto um homem. Mas o príncipe começou a falar de forma muito gentil e cheio de sutilezas, bem como um amigo. Disse que seu coração ficou transtornado ao ouvi-la e que não teria paz se não a conhecesse. Então, Rapunzel se

WALTER CRANE

tranquilizou e quando o príncipe lhe perguntou se o aceitava como marido, reparou que ele era jovem e belo.

Ele vai me amar mais do que a velha mãe Gothel, pensou Rapunzel. E colocando as mãos na dele, respondeu:

— Eu irei contigo de boa vontade, mas não sei como descer. Traga uma meada de seda cada vez que vier, e com ela vou tecer uma escada. Quando estiver pronta, eu descerei e poderá me levar em seu cavalo.

Combinaram que, até chegada a hora de partir, ele viria todas as noites, porque a velha sempre vinha durante o dia. Assim foi, e a feiticeira de nada desconfiava até que um dia Rapunzel perguntou:

— Diga-me, mãe Gothel, por que é mais difícil içar a senhora do que o jovem filho do rei? Ele chega até mim em um instante.

— Ah, criança má! — vociferou a feiticeira. — O que eu a ouço dizer? Eu pensei que a tinha separado de todo o mundo e ainda você me traiu!

Em sua ira, agarrou as belas tranças de Rapunzel, envolveu-as em sua mão esquerda, pegou uma tesoura com a direita e, *zip, zap*, as tranças foram cortadas e caíram no chão. A mãe Gothel era tão impiedosa que levou a pobre Rapunzel para um deserto, onde ela teria de viver em grande sofrimento e miséria.

Porém, no mesmo dia em que expulsou Rapunzel, a feiticeira prendeu as tranças cortadas no gancho da janela. Quando o príncipe veio e chamou:

— Rapunzel, Rapunzel, jogue suas tranças!

Ela deixou o cabelo cair. O filho do rei subiu, mas não encontrou sua amada Rapunzel; em seu lugar aguardava a feiticeira com um olhar maléfico e peçonhento.

— Aha! — ela gritou zombeteira. — Veio buscar sua querida esposa? Mas o belo pássaro já não canta no ninho, a gata a pegou e vai riscar os seus olhos também. Rapunzel está perdida para ti, nunca mais irá vê-la.

O príncipe ficou fora de si e, em seu desespero, se atirou pela janela da torre. Ele escapou com vida, mas os espinhos em que caiu perfuraram os seus olhos. Então, perambulou cego pela floresta; não comia nada além de frutos e raízes. Tudo o que fazia era lamentar e chorar a perda de sua amada.

Andou por muitos anos sem destino e na miséria. E finalmente chegou ao deserto no qual Rapunzel vivia, na penúria, com seus filhos gêmeos, um menino e uma menina que haviam nascido ali.

Ouvindo uma voz que lhe parecia tão familiar, o príncipe seguiu na direção de Rapunzel e, quando se aproximou, ela logo o reconheceu e se atirou em seus braços a chorar. Duas de suas lágrimas caíram nos olhos dele e, no mesmo instante, o príncipe pôde enxergar novamente. Então, levou-a para o seu reino, onde foram recebidos com grande alegria e festas. Lá viveram completamente felizes por muitos e muitos anos.

Aladdin e a Lâmpada Maravilhosa

ANTOINE GALLAND

علاء الدين | Oriente Médio | Aprox. 1717

ERA UMA VEZ UM POBRE ALFAIATE que tinha um filho chamado Aladdin — um rapaz imprudente e desocupado que não fazia nada além de brincar o dia todo nas ruas com rapazes desocupados como ele. Isso tanto entristeceu o pai que ele morreu. E apesar das lágrimas e orações da mãe, Aladdin não se corrigiu. Certo dia, quando ele estava brincando nas ruas como de costume, um desconhecido perguntou sua idade e se ele não era filho de Mustapha, o alfaiate.

— Sim, senhor — respondeu Aladdin —, mas ele morreu há muito tempo.

Com isso, o desconhecido, que era um mago africano famoso, o abraçou e beijou, dizendo:

— Sou seu tio e o reconheci pela semelhança com meu irmão. Vá até sua mãe e lhe diga que estou chegando.

Aladdin correu para casa e contou à mãe sobre o tio recém-descoberto.

— É verdade, filho — disse ela —, seu pai tinha um irmão, mas eu sempre achei que ele estava morto.

Mesmo assim, ela preparou o jantar e pediu para Aladdin procurar o tio, que chegou carregado de vinho e frutas. Ele se abaixou e beijou o local onde Mustapha costumava sentar, pedindo à mãe de Aladdin que não ficasse surpresa por não tê-lo visto antes, pois ele havia passado quarenta anos fora do país. Ele então se virou para Aladdin e perguntou qual era sua ocupação, e o rapaz baixou a cabeça enquanto a mãe caía no choro. Ao saber que Aladdin era desocupado e não aprendera nenhuma profissão, ele se ofereceu para comprar uma loja para ele e estocá-la com mercadorias. No dia seguinte, comprou um belo conjunto de roupas para Aladdin e lhe mostrou todos os locais da cidade, levando-o de volta para casa ao cair da noite. Sua mãe ficou radiante ao ver o filho tão elegante.

No dia seguinte, o mago levou Aladdin a belos jardins, para além dos portões da cidade. Eles se sentaram perto de uma fonte, e o mago tirou um bolo de dentro da bolsa e dividiu entre os dois. Então eles seguiram em frente, até quase chegarem às montanhas. Aladdin estava tão cansado que implorou para voltar, mas o mago o seduzia com histórias agradáveis e o fazia seguir em frente mesmo contra sua vontade.

Por fim, chegaram à duas montanhas divididas por um vale estreito.

— Não vamos mais seguir — disse o tio. — Vou lhe mostrar algo maravilhoso. Basta você colher uns gravetos enquanto acendo o fogo.

Quando o fogo estava aceso, o mago jogou ali um pó que trazia consigo, ao mesmo tempo em que dizia umas palavras mágicas. A terra tremeu um pouco e se abriu diante deles, revelando uma pedra lisa e quadrada com uma argola de bronze no meio para puxá-la. Aladdin tentou fugir, mas o mago o pegou e lhe deu um soco que o derrubou.

— O que foi que eu fiz, tio? — perguntou ele, se lamentando.

— Não tenha medo de nada, mas me obedeça — disse o mago, com delicadeza. — Sob esta pedra jaz um tesouro que é seu, e mais ninguém pode tocar nele. Por isso você deve fazer exatamente o que eu lhe disser.

Ao ouvir a palavra tesouro, Aladdin se esqueceu dos próprios medos e agarrou a argola como foi instruído, dizendo os nomes do pai e do avô. A pedra se ergueu com alguma facilidade e revelou alguns degraus.

— Desça — disse o mago. — No fim desses degraus você vai encontrar uma porta aberta que leva a três grandes salões. Levante e prenda a barra de sua túnica, e passe por eles sem tocar em nada, senão você vai morrer no mesmo instante. Esses salões levam a um jardim com ótimas árvores frutíferas. Caminhe até chegar a um nicho em um terraço onde há uma lâmpada iluminada. Tire o óleo que ela contém e traga-a para mim.

Ele tirou um dos anéis em seu dedo e o deu a Aladdin, desejando prosperidade.

Aladdin encontrou tudo como o mago dissera, pegou algumas frutas das árvores e, depois de pegar a lâmpada, voltou à entrada da caverna. O mago gritou apressado:

— Ande logo e me dê a lâmpada. — Isso Aladdin se recusou a fazer até estar fora da caverna. O mago se enfureceu com a atitude de Aladdin e, jogando mais pó no fogo, disse algumas palavras. Com isso, a pedra rolou de volta para onde estava.

O mago deixou a Pérsia para sempre, o que demonstrava abertamente que ele não era tio de Aladdin, mas um mago astucioso que tinha lido nos livros de magia sobre uma lâmpada mágica que o transformaria no homem mais poderoso do mundo. Apesar de saber onde encontrá-la, ele só poderia recebê-la das mãos de outra pessoa. Tinha escolhido o tolo Aladdin para esse objetivo, na intenção de pegar a lâmpada e matá-lo em seguida.

Durante dois dias, Aladdin ficou no escuro, chorando e se lamentando. Por fim, entrelaçou as mãos em oração e, ao fazer isso, esfregou o anel que o mago tinha se esquecido de pegar de volta. Imediatamente, um gênio enorme e assustador saiu da terra, dizendo:

— O que você quer de mim? Sou o Escravo do Anel e vou lhe obedecer em tudo.

Sem medo, Aladdin respondeu:

— Me tire deste lugar! — E, com isso, a terra se abriu e ele estava do lado de fora. Assim que seus olhos conseguiram suportar a luz, ele foi para casa, mas desmaiou na entrada. Quando voltou a si, contou à mãe o que tinha acontecido e lhe mostrou a lâmpada e as frutas que tinha colhido no jardim, que, na verdade, eram pedras preciosas. Depois pediu um pouco de comida.

— Ó, meu filho — disse ela —, não tenho nada em casa, mas fiei um pouco de algodão e vou sair para vendê-lo.

Aladdin disse para ela guardar o algodão, pois ele podia vender a lâmpada. Como estava muito suja, ela começou a esfregá-la, para conseguir um valor maior. Instantaneamente, um

EDMUND DULAC, 1914

gênio repugnante apareceu e perguntou o que ela queria. Ela desmaiou, mas Aladdin, pegando a lâmpada, disse com coragem:

— Traga alguma coisa para eu comer!

O gênio retornou com uma tigela e doze bandejas de prata contendo carnes ricas, dois copos de prata e duas garrafas de vinho. A mãe de Aladdin, quando se recuperou, disse:

— De onde vem esse banquete esplêndido?

— Não pergunte, apenas coma — respondeu Aladdin.

Então eles se sentaram à mesa para o café-da-manhã, e Aladdin contou à mãe sobre a lâmpada. Ela implorou que ele a vendesse e não se envolvesse com diabos.

— Não — disse Aladdin —, já que o acaso nos tornou conscientes de suas virtudes, vamos usar a lâmpada e o anel do mesmo jeito, e eu sempre vou mantê-lo no meu dedo.

Quando terminaram de comer tudo que o gênio tinha trazido, Aladdin vendeu uma das bandejas de prata e continuou fazendo isso até acabar com todas. Depois recorreu ao gênio, que lhe deu outro conjunto de bandejas, e assim eles viveram por muitos anos.

Certo dia, Aladdin ouviu uma ordem do sultão proclamando que todos deveriam ficar em casa e fechar as janelas enquanto a princesa, sua filha, ia até a casa de banho e voltava. Aladdin foi tomado pelo desejo de ver o rosto dela, o que era muito difícil, já que sempre usava um véu. Ele se escondeu atrás da porta da casa de banho e espiou por um buraco. A princesa levantou o véu ao entrar, e era tão linda que Aladdin se apaixonou à primeira vista. Ele foi para casa tão mudado que a mãe sentiu medo. Falou que amava a princesa tão profundamente que não conseguia viver sem ela e ia pedir ao pai para se casar com ela. A mãe, ao ouvir isso, caiu na gargalhada, mas Aladdin finalmente a convenceu a ir até o sultão e levar seu pedido. Ela pegou um guardanapo e colocou sobre as frutas mágicas do jardim encantado, que brilhavam e reluziam como as joias mais lindas. Ela as levou consigo para agradar ao sultão e saiu, confiando na lâmpada. O grão-vizir e os senhores do conselho tinham acabado de entrar quando ela apareceu no salão e se colocou diante do sultão. No entanto, ele não percebeu sua

ALADDIN E A LÂMPADA MARAVILHOSA **115**

presença. Ela foi lá todos os dias durante uma semana e ficou em pé no mesmo lugar.

Quando o conselho se dissolveu no sexto dia, o sultão disse para o vizir:

— Vejo uma certa mulher na câmara de audiências todos os dias carregando alguma coisa em um guardanapo. Chame-a na próxima vez, para eu poder descobrir o que ela deseja.

No dia seguinte, com um sinal do vizir, ela foi até o pé do trono e ficou ajoelhada até o sultão lhe dizer:

— Levante-se, boa mulher, e me diga o que deseja.

Ela hesitou, então o sultão mandou todos saírem, exceto o vizir, e pediu que ela falasse livremente, prometendo perdoá-la de antemão por qualquer coisa que ela pudesse dizer. Ela falou do violento amor que o filho sentia pela princesa.

— Já rezei para ele esquecê-la — disse ela —, mas foi em vão. Ele ameaçou fazer uma coisa desesperada se eu me recusasse a pedir a mão da princesa a Vossa Majestade. Agora eu rezo para que me perdoe e ao meu filho, Aladdin.

O sultão lhe perguntou delicadamente o que havia no guardanapo, e ela desenrolou as joias e as apresentou.

Ele ficou estupefato e, se virando para o vizir, disse:

— O que me diz? Devo entregar a princesa a alguém que a valoriza a esse ponto?

O vizir, que a queria para o filho, implorou para o sultão mantê-la por três meses, durante os quais ele esperava que o próprio filho conseguisse lhe dar um presente mais rico. O sultão lhe concedeu isso e disse à mãe de Aladdin que, apesar de consentir com o casamento, ela não deveria aparecer diante dele outra vez pelos próximos três meses.

Aladdin esperou pacientemente por quase três meses, mas depois de dois meses terem se passado, sua mãe, indo à cidade para comprar óleo, viu que todos estavam comemorando e perguntou o que estava acontecendo.

— Você não sabe — foi a resposta — que o filho do grão-vizir vai se casar com a filha do sultão hoje à noite?

Sem fôlego, ela correu e contou a Aladdin, que no início ficou estupefato, mas depois se lembrou da lâmpada. Ele a esfregou, e o gênio apareceu, dizendo:

— Qual é o seu desejo?

Aladdin respondeu:

— O sultão, como sabes, quebrou sua promessa comigo, e o filho do vizir vai ficar com a princesa. Minha ordem é que hoje à noite você traga para cá a noiva e o noivo.

— Mestre, eu obedeço — disse o gênio.

Aladdin foi então para os seus aposentos, para onde, à meia-noite, o gênio transportou a cama contendo o filho do vizir e a princesa.

— Pegue esse homem recém-casado — disse ele — e coloque-o lá fora, no frio, e volte ao raiar do dia.

Assim, o gênio tirou o filho do vizir da cama, deixando Aladdin com a princesa.

— Não tema nada — disse Aladdin a ela —, você é minha esposa, prometida a mim pelo seu pai injusto, e nenhum mal vai lhe acometer.

A princesa estava assustada demais para falar e passou a noite mais miserável de sua vida, enquanto Aladdin deitava ao lado dela e dormia profundamente. Na hora marcada, o gênio pegou o noivo trêmulo, colocou-o no lugar e transportou a cama de volta para o palácio.

No mesmo instante, o sultão foi dar bom-dia para a filha. O filho infeliz do vizir saltou e se escondeu, enquanto a princesa não dizia uma palavra e estava muito triste.

O sultão mandou a mãe ir vê-la, e ela disse:

— Como pode, filha, você não querer falar com seu pai? O que aconteceu?

A princesa deu um suspiro profundo e finalmente contou à mãe que, durante a noite, a cama foi carregada até uma casa estranha e o que tinha acontecido lá. A mãe não acreditou nem um pouco nela, mas a fez se levantar e considerar que tinha sido um sonho sem propósito.

Na noite seguinte, aconteceu exatamente a mesma coisa. E na manhã após o ocorrido, quando a princesa se recusou a falar, o sultão ameaçou cortar sua cabeça. Ela então confessou tudo, pedindo que ele perguntasse ao filho do vizir se aquilo era verdade. O sultão pediu ao vizir que perguntasse ao filho, que falou a verdade, acrescentando que, por mais que amasse a princesa, ele preferia morrer a ter que passar por outra noite tão apavorante quanto aquela, e que queria se separar dela. O desejo foi concedido, e os banquetes e as comemorações chegaram ao fim.

Quando os três meses se passaram, Aladdin mandou a mãe ir lembrar ao sultão da sua promessa. Ela ficou no mesmo lugar de antes, e o sultão, que tinha se esquecido de Aladdin, se lembrou imediatamente dele e mandou buscá-la. Ao ver a pobreza da mulher, o sultão se sentiu menos inclinado do que nunca a manter a palavra e pediu o conselho do vizir, que o aconselhou a colocar um preço tão alto na princesa que nenhum homem conseguiria pagar.

O sultão então se virou para a mãe de Aladdin, dizendo:

— Boa mulher, um sultão deve se lembrar das próprias promessas, e eu vou me lembrar da minha. Mas antes seu filho deve me mandar quarenta bacias de ouro lotadas de joias, carregadas por quarenta escravos, conduzidos pela mesma quantidade de mestres, vestidos de maneira esplêndida. Diga a ele que espero a resposta.

A mãe de Aladdin fez uma reverência e foi para casa, pensando que tudo estava perdido.

Ela transmitiu a mensagem a Aladdin, acrescentando:

— Ele vai esperar pela sua resposta por muito tempo!

— Não tanto quanto você pensa, mãe — respondeu o filho.

— Eu faria muito mais do que isso pela princesa.

Ele invocou o gênio e, em poucos instantes, oitenta pessoas, escravos e mestres, chegaram e encheram a casa pequena e o jardim.

Aladdin os mandou para o palácio, dois a dois, seguidos pela mãe. Estavam tão bem-vestidos, com joias tão esplêndidas nos cintos, que todos se reuniram para vê-los e ver as bacias de ouro que carregavam na cabeça.

Eles entraram no palácio e, depois de se ajoelharem diante do sultão, formaram um semicírculo ao redor do trono com os braços cruzados, enquanto a mãe de Aladdin os apresentava ao sultão.

Ele não hesitou mais, e disse:

— Boa mulher, retorne e diga a seu filho que espero por ele de braços abertos.

Ela não perdeu tempo para contar a Aladdin, fazendo-o se apressar. Mas Aladdin chamou o gênio antes.

— Quero um banho aromatizado — disse ele —, roupas bordadas com abundância, um cavalo superior ao do sultão e vinte escravos para me servir. Além disso, seis escravos, lindamente vestidos, para servir à minha mãe; e, por fim, dez mil peças de ouro em dez bolsas.

Ele mal falou e aconteceu. Aladdin montou em seu cavalo e passou pelas ruas, os escravos distribuindo ouro enquanto seguiam. Aqueles que brincavam com ele na infância não o reconheciam, pois tinha crescido e ficado muito bonito.

Quando o sultão o viu, desceu do trono para cumprimentá-lo, e o conduziu até um salão onde um banquete estava servido, na intenção de casá-lo com a princesa naquele mesmo dia.

Mas Aladdin se recusou, dizendo:

— Preciso construir um palácio adequado para ela. — E saiu.

Quando estava em casa, ele disse ao gênio:

— Construa um palácio com o mármore mais requintado, enfeitado com jaspe, ágata e outras pedras preciosas. No meio você deve construir um grande salão com uma claraboia, as quatro paredes com grandes quantidades de ouro e prata, cada lado com seis janelas, cujas treliças devem ser enfeitadas com diamantes e rubis, exceto uma, que deve ficar inacabada. Deve haver estábulos e cavalos, cavalariços e escravos. Vá e cuide disso!

O palácio estava terminado no dia seguinte, e o gênio o carregou até lá e lhe mostrou todas as suas ordens cumpridas fielmente, até mesmo o tapete de veludo se estendendo do palácio de Aladdin até o do sultão. A mãe de Aladdin então se vestiu com cuidado e andou até o palácio com seus escravos, enquanto ele a seguia montado no cavalo. O sultão enviou músicos com trombetas e címbalos para encontrá-los, de modo que o ar ressoava com música e aclamações. Ela foi levada até a princesa, que a cumprimentou e a tratou com muita honra. À noite, a princesa se despediu do pai e seguiu pelo tapete até o palácio de Aladdin, com a mãe dele ao lado, ambas seguidas pelos escravos. Ela ficou encantada ao ver Aladdin, que correu para recebê-la.

— Princesa — disse ele —, culpe sua beleza pela minha ousadia se eu a tiver desagradado.

Ela lhe disse que, ao vê-lo, obedeceu de bom grado ao pai nessa questão. Depois que o casamento aconteceu, Aladdin a conduziu até o salão, onde um banquete estava servido, e ela jantou com ele e depois dançou até a meia-noite.

No dia seguinte, Aladdin convidou o sultão para ver o palácio. Ao entrar no salão com vinte e quatro janelas e seus rubis, diamantes e esmeraldas, ele gritou:

— É uma maravilha do mundo! Só há uma coisa que me surpreende. Foi por acidente que uma janela ficou inacabada?

— Não, senhor, por projeto — retrucou Aladdin. — Eu gostaria que Vossa Majestade tivesse a glória de terminar este palácio.

O sultão ficou satisfeito e mandou chamar os melhores joalheiros da cidade. Mostrou a eles a janela inacabada e pediu que a enfeitassem igual às outras.

— Senhor — respondeu o porta-voz —, não conseguimos encontrar joias suficientes.

O sultão mandou buscar as próprias joias, que logo foram usadas, mas sem propósito, pois, em um mês, o trabalho não tinha chegado nem à metade. Aladdin, sabendo que a tarefa era inútil, fez com que eles desfizessem o trabalho e levassem as joias de volta, e o gênio terminou a janela sob sua ordem. O sultão ficou surpreso de receber suas joias de volta e visitou Aladdin, que lhe mostrou a janela terminada. O sultão o abraçou, enquanto o vizir invejoso desconfiou que era um trabalho de encantamento.

Aladdin conquistou o coração das pessoas com seu comportamento gentil. Foi nomeado capitão dos exércitos do sultão e ganhou várias batalhas para ele, mas continuou modesto e educado como antes, e assim viveu em paz e satisfeito por muitos anos.

Mas bem longe, na África, o mago se lembrou de Aladdin e, com suas artes mágicas, descobriu que Aladdin, em vez de perecer miseravelmente na caverna, tinha escapado e se casado com uma princesa, com quem vivia em grande honra e riqueza. Ele sabia que o filho do alfaiate pobre só poderia ter realizado isso com a lâmpada, e viajou dia e noite até chegar à capital da China, empenhado em promover a destruição de Aladdin. Quando passou pela cidade, ouviu pessoas falando por toda parte sobre um palácio maravilhoso.

— Perdoem minha ignorância — perguntou —, mas que palácio é esse de que estão falando?

— Você nunca ouviu falar do palácio do príncipe Aladdin — foi a resposta —, a maior maravilha do mundo? Posso orientá-lo a chegar lá, se quiser vê-lo.

O mago agradeceu e, tendo visto o palácio, soube que tinha sido construído pelo gênio da lâmpada e ficou louco de raiva, determinado a pegar a lâmpada e, mais uma vez, jogar Aladdin na mais profunda pobreza.

Infelizmente, Aladdin tinha ido caçar por oito dias, o que deu tempo suficiente ao mago. Ele comprou uma dúzia de lâmpadas de cobre, colocou-as em um cesto e foi até o palácio, gritando, seguido por uma multidão zombeteira:

— Troco lâmpadas velhas por novas!

A princesa, sentada no salão das vinte e quatro janelas, mandou uma escrava descobrir o motivo de tanto barulho, e ela voltou rindo, de modo que a princesa a repreendeu.

— Madame — respondeu a escrava —, quem consegue não rir ao ver um velho tolo se oferecendo para trocar lâmpadas novas e boas por velhas?

Outra escrava, ao ouvir isso, disse:

— Tem uma velha na cornija que podemos pegar.

Bem, essa era a lâmpada mágica, que Aladdin havia deixado ali, já que não podia levá-la para caçar. A princesa, sem saber seu valor, riu e disse à escrava para pegá-la e fazer a troca.

Ela foi e disse ao mago:

— Me dê uma lâmpada nova em troca desta.

Ele a pegou e pediu à escrava para escolher uma, em meio às zombarias da multidão. Ele pouco se importava, continuou

EDMUND DULAC, 1914

gritando para vender as lâmpadas e saiu pelos portões da cidade. Foi a um lugar solitário, onde ficou até o cair da noite, quando pegou a lâmpada e a esfregou. O gênio apareceu e, sob o comando do mago, o carregou, com o palácio e a princesa, para um lugar isolado na África.

Na manhã seguinte, o sultão olhou pela janela em direção ao palácio de Aladdin e esfregou os olhos, pois ele havia sumido. Mandou chamar o vizir e perguntou o que tinha acontecido com o palácio. O vizir também olhou pela janela e ficou perdido no assombro. Mais uma vez desconfiou de um encantamento e, desta vez, o sultão acreditou nele. Mandou trinta homens a cavalo para trazer Aladdin acorrentado. Eles o encontraram voltando para casa a cavalo e o obrigaram a seguir com eles a pé. No entanto, o povo que o amava seguiu, armado, para garantir que ele não ia se machucar. Ele foi levado até o sultão, que ordenou ao carrasco que lhe cortasse a cabeça. O carrasco fez Aladdin se ajoelhar, cobriu seus olhos e ergueu a cimitarra para golpear.

Nesse instante, o vizir, que viu a multidão forçar a entrada no pátio e escalar as paredes para resgatar Aladdin, pediu que o carrasco parasse. O povo realmente parecia tão ameaçador que o sultão desistiu e ordenou que Aladdin fosse desamarrado e o perdoou diante da multidão.

Aladdin agora implorava para saber o que tinha feito.

— Seu falso desgraçado! — disse o sultão. — Aproxime-se! — E mostrou a ele, pela janela, o local onde seu palácio se erguia.

Aladdin ficou tão atônito que não conseguia dizer uma palavra.

— Onde está o palácio e minha filha? — exigiu o sultão. — Pelo primeiro não estou tão profundamente preocupado, mas minha filha deve voltar para mim, e você deve encontrá-la ou perder a cabeça.

Aladdin implorou para ter quarenta dias para encontrá-la, prometendo que, se fracassasse, ele voltaria e sofreria a morte ao bel-prazer do sultão. Seu pedido foi concedido, e ele saiu triste da presença do sultão. Durante três dias, andou de um lado para o outro como um louco, perguntando a todo mundo o que tinha acontecido com o palácio, mas eles só riam e sentiam pena. Ele chegou às margens de um rio e se ajoelhou para fazer suas orações antes de se jogar. Ao fazer isso, ele esfregou o anel mágico que ainda usava.

O gênio que ele tinha visto na caverna apareceu e perguntou qual era o seu desejo.

— Salve a minha vida, gênio — pediu Aladdin —, e traga meu palácio de volta.

— Isso não está ao alcance dos meus poderes — disse o gênio. — Sou apenas o escravo do anel; você deve pedir ao escravo da lâmpada.

— Mesmo assim — disse Aladdin —, você pode me levar até o palácio e me colocar sob a janela da minha querida esposa. — Ele imediatamente se viu na África, sob a janela da princesa, e caiu no sono por puro cansaço.

Foi acordado pelo canto dos pássaros, e seu coração estava mais leve. Via claramente que todas as suas desgraças se deviam à perda da lâmpada, e se perguntou, em vão, quem a tinha roubado.

Naquela manhã, a princesa acordou mais cedo que nos outros dias desde que fora levada para a África pelo mago, cuja companhia era obrigada a aguentar uma vez por dia. No entanto, ela o tratava com tanta grosseria que ele não ousava morar ali. Enquanto ela se vestia, uma de suas mulheres olhou pela janela e viu Aladdin. A princesa correu e abriu a janela. Com o barulho, Aladdin olhou para cima. Ela o chamou para subir, e grande foi a alegria dos dois amantes ao se verem novamente.

Depois de beijá-la, Aladdin disse:

— Eu imploro, princesa, em nome de nosso Deus, antes de qualquer outra coisa, pelo seu bem e pelo meu, me diga o que aconteceu com uma velha lâmpada que deixei na cornija no salão de vinte e quatro janelas quando fui caçar.

— Ai de mim! — disse ela. — Sou a causa inocente das suas tristezas. — E lhe contou sobre a troca da lâmpada.

— Agora eu sei — gritou Aladdin — que devemos isso ao mago africano! Onde está a lâmpada?

— Ele a carrega consigo — disse a princesa. — Eu sei porque ele a tirou do peito para me mostrar. Ele deseja que eu quebre meu juramento para com você e me case com ele, dizendo que você foi decapitado por ordem do meu pai. Ele está sempre falando mal de você, mas eu só respondo com as minhas lágrimas. Se eu continuar, não duvido que ele seja violento.

Aladdin a consolou e a deixou por um breve período de tempo. Ele trocou de roupas com a primeira pessoa que encontrou na cidade e, depois de comprar um certo pó, voltou para a princesa, que o deixou entrar por uma pequena porta lateral.

— Use seu vestido mais lindo — disse a ela — e receba o mago com sorrisos, fazendo-o acreditar que você me esqueceu. Convide-o para jantar e diga que deseja provar o vinho do país dele. O mago vai buscar um e, enquanto ele estiver longe, vou lhe dizer o que fazer.

Ela ouviu Aladdin com atenção e, quando ele saiu, ela se arrumou alegremente pela primeira vez desde que saiu da China. Colocou um cinto e uma tiara de diamantes e, vendo no espelho que estava mais linda do que nunca, recebeu o mago, dizendo, para seu grande espanto:

— Decidi que Aladdin está morto e que todas as minhas lágrimas não vão trazê-lo de volta, por isso estou decidida a não chorar mais. Convidei você para jantar comigo, mas estou cansada dos vinhos da China e gostaria de provar os da África.

O mago voou até o porão, e a princesa colocou o pó que Aladdin lhe dera na própria taça. Quando ele voltou, ela pediu para ele beber pela saúde dela no vinho da África, entregando a própria taça em troca da dele, como sinal de conciliação.

Antes de beber, o mago fez um discurso em homenagem à beleza dela, mas a princesa o interrompeu, dizendo:

— Deixe-me beber antes e você pode dizer o que quiser depois. — Ela levou a taça até os lábios e a manteve ali, enquanto o mago engolia a bebida até o fim e caía para trás sem vida.

A princesa então abriu a porta para Aladdin e jogou os braços ao redor do seu pescoço, mas Aladdin a afastou, pedindo que ela o deixasse, pois ele tinha outras coisas a fazer. Ele foi até o mago morto, pegou a lâmpada na roupa dele e fez o gênio carregar o palácio e tudo que estava nele de volta para a China. Isso foi feito, e a princesa em seus aposentos só sentiu dois pequenos choques e pouco depois estava em casa novamente.

O sultão, que estava sentado em seu closet, sofrendo pela filha perdida, por acaso levantou o olhar e esfregou os olhos, pois lá estava o palácio como antes! Ele correu para lá, e Aladdin o recebeu no salão de vinte e quatro janelas, com a princesa ao lado. Aladdin contou o que tinha acontecido e mostrou o corpo do mago morto, para que ele acreditasse. Um banquete de dez dias foi realizado, e parecia que Aladdin ia viver o resto da vida em paz; mas não era para ser assim.

O mago africano tinha um irmão mais jovem, que era, se possível, mais perverso e mais astucioso. Ele viajou até a China para vingar a morte do irmão e foi visitar uma mulher devota chamada Fatima, achando que ela podia ser útil. Ele entrou nos aposentos dela e apontou uma adaga para o seu peito, dizendo para ela se levantar e fazer o que ele mandava sob pena de morte. Ele trocou as roupas com as dela, pintou o rosto como o dela, colocou seu véu e a assassinou, para ela não contar o segredo. Em seguida, foi para o palácio de Aladdin, e todo mundo que pensava que ele era a mulher sagrada se reuniu ao redor dele, beijando suas mãos e implorando sua bênção.

Quando chegou ao palácio, havia tanto barulho ao seu redor que a princesa pediu para sua escrava olhar pela janela e perguntar o que estava acontecendo. A escrava disse que era a mulher sagrada, curando as pessoas de suas enfermidades com um único toque, e a princesa, que há muito tempo desejava ver Fatima, mandou chamá-la. Ao se aproximar da princesa, o mago ofereceu uma reza pela sua saúde e prosperidade. Quando terminou, a princesa o fez se sentar perto dela e implorou para ele ficar sempre com ela. A falsa Fatima, que não desejava nada melhor, consentiu, mas manteve o véu por medo de ser descoberta. A princesa lhe mostrou o salão e perguntou o que ele achava.

— É verdadeiramente belo — disse a falsa Fatima. — Na minha mente, só precisa de uma coisa.

— E o que seria? — indagou a princesa.

— Se ao menos um ovo de roca[6] estivesse pendurado no meio dessa claraboia, seria a maravilha do mundo.

Depois disso, a princesa só conseguia pensar em um ovo de roca, e quando Aladdin voltou da caça, ele a encontrou muito mal-humorada. Ele implorou para saber o que estava faltando, e ela lhe disse que todo o seu prazer com o salão foi destruído pelo desejo de um ovo de roca pendurado na claraboia.

— Se for só isso — respondeu Aladdin —, você logo estará feliz.

---

6 Roca é uma lendária e imensa ave de rapina presente no livro *As Mil e Uma Noites*, nas aventuras de Simbad, o marinheiro. Um ovo de Roca poderia ter dois metros de altura. [N.E.]

Ele a deixou e esfregou a lâmpada, e quando o gênio apareceu, ordenou que ele trouxesse um ovo de roca. O gênio gritou tão alto e terrivelmente que o salão estremeceu.

— Desgraçado! — gritou. — Não basta tudo que eu fiz por você, mas ainda quer me ordenar a trazer meu mestre e pendurá-lo no meio dessa claraboia? Você e sua esposa e seu palácio merecem ser queimados e virar cinzas... Mas esse pedido não vem de você, e sim do irmão do mago africano que você destruiu. Ele agora está no seu palácio disfarçado como a mulher sagrada, que ele assassinou. Foi ele que colocou esse desejo na cabeça da sua esposa. Se cuide, porque ele quer matá-lo. — E, ao dizer isso, o gênio desapareceu.

Aladdin voltou para a princesa, dizendo que estava com dor de cabeça e pedindo que a sagrada Fatima fosse chamada para colocar as mãos na sua testa. Mas, quando o mago se aproximou, Aladdin, sacando a adaga, enfiou-a no seu coração.

— O que você fez? — gritou a princesa. — Você matou a mulher sagrada!

— Não fui eu — respondeu Aladdin —, e, sim, um mago perverso. — E contou como ela havia sido enganada.

Depois disso, Aladdin e sua esposa viveram em paz. Ele foi o sucessor do sultão quando este morreu, e reinou por muitos anos, deixando para trás uma longa linhagem de reis.

Os Três Porquinhos

JOSEPH JACOBS

The Story of the Three Little Pigs | Inglaterra | 1890

ERA UMA VEZ, quando os porcos falavam em rima;
E os macacos mascavam tabaco;
E as galinhas cheiravam o rapé para se tornarem mais resistentes;

E os patos faziam quack, quack, quack, O! Havia uma porca com três porquinhos, e como ela não tinha o suficiente para mantê-los, mandou-os mundo afora para fazerem sua própria sorte. O primeiro porquinho que saiu conheceu na estrada um homem com um feixe de palha e lhe disse:

— Por favor, senhor, me dê esta palha para que eu construa uma casa para mim.

O homem atendeu ao pedido, e o porquinho construiu uma casa com a palha. Logo veio um lobo, que bateu na porta e disse:

— Porquinho, porquinho, deixe-me entrar.

Ao que o porco respondeu:

— Não, não, pelo cabelo de meu queixinho, inho, inho[7]!

O lobo então retrucou:

— Então eu vou bufar, e eu vou soprar, e eu vou derrubar a sua casa!

Assim, ele bufou, soprou, derrubou a casa e devorou o porquinho.

O segundo porquinho encontrou um homem com um monte de tojo[8] e disse:

— Por favor, homem, dê-me este tojo para construir uma casa.

O homem atendeu ao pedido, e o porco construiu a sua casa. Então veio o lobo e disse:

— Porquinho, porquinho, deixe-me entrar.

— Não, não, pelo cabelo de meu queixinho, inho, inho!

— Então eu vou soprar, e vou bufar, e vou derrubar a sua casa.

Assim, ele bufou, soprou, soprou e bufou e, finalmente, derrubou a casa e comeu o porquinho.

O terceiro porquinho encontrou um homem com uma carga de tijolos e disse:

— Por favor, homem, dê-me estes tijolos para construir uma casa.

O homem deu-lhe os tijolos, e o porquinho construiu sua casa com eles. Então veio o lobo, como fez com os outros irmãos, e disse:

— Porquinho, porquinho, deixe-me entrar.

— Não, não, pelo cabelo de meu queixinho, inho, inho!

---

[7] No idioma original, *"let me in"* (deixe-me entrar) e *"chin"* (queixo) fazem uma rima. [N. E.]

[8] Tojo: Planta de folhas espinhosas e flores amarelas, que cresce em terrenos silicosos. [N. E.]

— Então eu vou bufar, e eu vou soprar, e eu vou derrubar a sua casa!

Bem, ele bufou e soprou, e bufou e soprou, e soprou e bufou; mas não conseguiu pôr a casa abaixo. Quando notou que não poderia, com todo seu bufar e soprar, derrubar a casa, disse:

— Porquinho, eu sei onde há um bom campo de nabos.

— Onde? — perguntou o porquinho.

— Oh, no sítio do Sr. Smith. E, se você estiver pronto amanhã de manhã, eu te chamarei e iremos juntos para colhermos alguns para o jantar.

— Muito bem — disse o porquinho. — Eu estarei pronto. Que horas você pretende ir?

— Às seis horas.

Bem, o porquinho levantou-se às cinco e obteve os nabos antes que lobo viesse — o que ele fez dentro do horário marcado.

— Porquinho, você está pronto? — perguntou o lobo, pontualmente.

O porquinho disse:

— Pronto? Eu fui e já voltei, e tenho um bom bocado para o jantar!

O lobo sentiu-se muito irritado com isso, mas, de uma forma ou de outra, pegaria aquele porquinho. Então, disse:

— Porquinho, eu sei onde há uma bela macieira.

— Onde? — perguntou o porco.

— Lá naquele belo jardim — respondeu o lobo. — E se você não me enganar, virei te chamar às cinco horas amanhã e colheremos algumas maçãs.

Bem, o porquinho apressou-se na manhã seguinte, às quatro horas, e partiu para as maçãs na esperança de voltar antes que o lobo viesse. Mas ele teve de ir mais longe e precisou subir na árvore, de modo que, assim que começou a descer dela,

LEONARD LESLIE BROOKE, 1904

viu o lobo chegando — que, como você pode supor, o assustava muito. Quando o lobo veio, disse:

— Porquinho, o que é isso?! Você está aqui antes de mim? São boas, essas maçãs?

— Sim, muito — disse o porquinho. — Eu vou jogar-lhe uma.

E ele jogou tão longe que, enquanto o lobo se foi para buscá-la, o porquinho pulou da árvore e correu para casa. No dia seguinte, o lobo voltou e disse para o porquinho:

— Porquinho, haverá uma feira em Shanklin nesta tarde, você vai?

— Ah, sim — disse o porco. — Eu irei. Que horas você estará pronto?

— Às três — disse o lobo.

Assim, o porquinho saiu mais cedo, como de costume, chegou na feira e comprou uma batedeira de manteiga, que estava levando para casa quando viu o lobo se aproximar. Sem saber o que fazer, escondeu-se dentro da batedeira e deixou-a redonda como uma bola, rolando morro abaixo. Isso assustou tanto o lobo que ele logo foi embora. Quando chegou na casa do porquinho, contou-lhe sobre quão assustador tinha sido uma grande e redonda coisa que desceu o morro atrás dele. Em seguida, o porquinho disse:

— Rá, eu te assustei, então! Eu tinha ido para a feira e comprei uma batedeira de manteiga e, quando vi você, entrei nela e rolei morro abaixo.

O lobo ficou muito zangado; declarou que iria comer o porquinho e que desceria pela chaminé para pegá-lo. Quando o porquinho viu o que ele estava prestes a fazer, pendurou um caldeirão cheio de água e acendeu um fogo intenso. Assim que o lobo começou a descer, tirou a tampa e ele caiu dentro do tal caldeirão. O porquinho colocou a tampa novamente em um instante, cozinhou e comeu o lobo no jantar, e viveu feliz para sempre.

JACOB E WILHELM GRIMM

Hänsel und Gretel | Alemanha | 1812

PRÓXIMO A UMA GRANDE FLORESTA, viviam um pobre lenhador, sua esposa e seus dois filhos: o menino era João, e a menina, Maria[9]. Eles tinham muito pouco para comer e, quando uma grande escassez assolou aquelas terras, o homem não podia mais assegurar o pão diário para a sua família. Uma noite, ele foi se deitar pensando nisso e, virando-se de um lado para o outro, suspirou pesadamente para sua esposa:

— O que será de nós? Não conseguimos alimentar nem a nós mesmos, quem dirá nossos filhos.

---

[9] No original alemão *Hänsel* (João) e *Gretel* (Maria) [N.E.]

— Eu lhe direi o que fazer, marido — respondeu a esposa. — Deixaremos nossas crianças na floresta de manhã cedo. Faremos uma fogueira e daremos um pedaço de pão a cada um. Então, iremos ao trabalho e os deixaremos lá, sozinhos. Eles jamais encontrarão o caminho de casa.

— Não, esposa — disse o homem. — Eu não posso fazer isso. Os animais selvagens aparecerão para devorá-los!

— Tolo! — ela rebateu. — Então nós quatro morreremos de fome! É melhor começar a preparar nossos caixões. — E a mulher o importunou até ele consentir com a ideia.

— Mas eu realmente tenho pena das minhas pobres crianças — disse o homem.

Os irmãos não conseguiam dormir direito por causa da fome. Por isso, acabaram escutando o que sua madrasta falara ao seu pai. Maria chorou amargamente e disse para João:

— É o nosso fim!

— Fique quieta, Maria! — falou João. — E não se lamurie. Pensarei em alguma coisa.

Então, quando os pais adormeceram, João se levantou, colocou seu pequeno casaco e saiu. A lua estava radiante, e seus raios iluminaram as pequenas pedras brancas que estavam de frente para a casa, fazendo-as brilhar como moedas de prata. João encheu o pequenino bolso do seu casaco com todas as pedrinhas que conseguiu pegar. Ao retornar para casa, falou para Maria:

— Fique tranquila, irmãzinha, e durma calmamente. Nosso Deus não irá nos abandonar. — E ele voltou para a cama e adormeceu.

Ao amanhecer, a madrasta despertou as duas crianças, dizendo:

— Levantem, seus preguiçosos! Estamos indo para a floresta para cortar lenha.

Ela deu um pedaço de pão para cada um e completou:

— Isso é para o almoço, e vocês não devem comer antes da hora. Caso contrário, não terão mais nenhum!

Maria guardou o pão debaixo do seu avental para que João ficasse com seus bolsos cheios de pedras. Então, os quatro rumaram juntos para a floresta. Quando eles já haviam percorrido mata adentro por um certo tempo, João ainda olhava para a sua casa, e fez isso de novo, e de novo, e de novo, até seu pai dizer:

— O que está olhando, João? Tome cuidado para não esquecer as suas pernas!

— Ó, papai! — exclamou o menino. — Estou olhando para a minha gatinha branca, que está no telhado me dizendo adeus.

— Seu jovem estúpido! — rebateu a mulher. — Isso não é sua gata, mas sim a luz do sol refletindo sobre a chaminé!

É claro que João não estava olhando para a sua gata, e sim jogando as pedrinhas ao longo do caminho.

Ao chegarem ao meio da floresta, o pai ordenou às crianças que fossem buscar madeira para fazer uma fogueira que os manteria aquecidos. Quando João e Maria reuniram um pequeno monte, eles atearam fogo a ele. Enquanto a chama crepitava intensamente, a mulher disse:

— Agora, deitem-se ao redor da fogueira, crianças, e nós iremos cortar madeira. Quando terminarmos, viremos pegá-los.

João e Maria obedeceram às ordens de sua madrasta e, quando chegou o meio-dia, comeram seus pedaços de pão. Eles pensavam que seu pai estava na floresta o tempo todo, assim como imaginaram ter escutado os golpes do machado. Porém, era apenas um galho seco pendurado em uma velha árvore, que balançava por causa do vento. Depois de um longo tempo, os olhos das crianças pesaram, tamanha era a sua fadiga, e eles caíram rapidamente no sono. Ao acordarem, já era de noite, e Maria logo começou a chorar:

— Como iremos sair dessa floresta?

Mas João a confortou, dizendo:

— Espere um pouquinho mais, até a lua surgir, e então encontraremos o caminho para casa.

Assim que a lua cheia apareceu, João tomou a mão de sua irmãzinha e seguiu o caminho das pedras brilhantes como prata. Eles caminharam a noite inteira, e somente ao amanhecer chegaram à casa de seu pai. Bateram na porta, sendo atendidos pela esposa, que gritou:

— Suas crianças malvadas! Por que dormiram na floresta? Achamos que nunca voltariam para casa!

Mas o pai estava radiante, pois se arrependera de todo o coração por ter deixado seus filhos sozinhos na floresta.

Não muito tempo depois, quando houve novamente uma grande escassez naquelas áreas, as crianças escutaram novamente sua madrasta falar para seu pai à noite:

— Tudo está acabando. Temos apenas metade de um pão que logo chegará ao fim. As crianças precisam ir embora. Iremos levá-las para bem longe dessa vez, então não serão capazes de voltar. Não há outra coisa a se fazer.

O homem sentiu seu coração triste e pensou: *Seria melhor eu partilhar este último pedaço com meus filhos.*

Mas mesmo que a esposa não o tivesse escutado, ainda assim reprovou seu marido. Quem tinha coragem de cometer o erro uma vez, poderia fazer uma segunda vez — aquele que diz A, deve dizer B também.

As crianças, que não estavam adormecidas, escutaram tudo o que eles falaram. Quando os pais dormiram, João se levantou para conseguir mais pedras, porém, sua madrasta havia trancado a porta e o menino não poderia sair. Ele confortou sua irmãzinha, dizendo:

— Não chore, Maria. Durma tranquilamente, Deus irá nos ajudar.

Na manhã seguinte, a madrasta acordou os irmãos. Ela deu aos dois um pequeno pedaço de pão — ainda menor do que o anterior — e, durante o caminho para a floresta, João esmigalhou o pão, parando para espalhar seus farelos ao longo do caminho.

— João, o que você está fazendo? — questionou o pai.

— Estou olhando para meu passarinho sobre o telhado, que diz adeus para mim — respondeu o menino.

— Tolo! — resmungou a madrasta. — Isso não é um passarinho, e sim o brilho do sol sobre a chaminé!

Como na vez anterior, João concordou e continuou a jogar as migalhas de pão ao longo de toda a estrada.

A mulher conduziu as crianças para o interior da floresta, num lugar onde eles nunca foram antes. E assim, mais uma vez, fizeram uma grande fogueira.

— Sentem-se aqui, crianças — disse a madrasta. — E, caso fiquem cansados, poderão dormir. Estaremos na floresta, cortando madeira. Ao final do dia, quando estivermos prontos para partir, viremos pegar vocês.

Ao meio-dia, Maria deu o seu pedaço de pão a João, que esfarelou o que pertencia a ele ao longo de todo o caminho. Então, eles dormiram e, ao anoitecer, ninguém foi buscar as pobres crianças. Quando despertaram, já era noite, e João confortou sua irmãzinha, falando:

— Espere um pouquinho, Maria, até a lua aparecer. Então, poderemos ver os farelos de pão que deixei no caminho e iremos para casa.

Assim que a lua surgiu, eles se levantaram, mas não encontraram nenhum pedaço de pão, porque os pássaros da floresta e dos prados comeram tudo. João pensou que, ainda assim, eles poderiam encontrar o caminho de volta, mas não conseguiram. Passaram a noite toda na floresta, e também a

MILDRED LYON, 1922

manhã seguinte e o anoitecer — ainda assim, não encontraram o trajeto que os levaria para casa. Ambos estavam famintos, e não tinham nada para comer além das frutinhas que encontraram ao longo da jornada. E quando ficaram cansados a ponto de não conseguirem mais caminhar, deitaram-se debaixo de uma árvore e adormeceram.

Já era a terceira manhã desde que deixaram a casa de seu pai. Eles sempre tentavam encontrar o caminho de volta, mas entravam cada vez mais na floresta. Se não recebessem ajuda logo, morreriam de fome.

Perto do meio-dia, viram um lindo pássaro, branco como a neve, sentado em um galho e cantando tão docemente que os irmãos pararam para escutá-lo. Assim que a canção acabou, o pássaro abriu suas asas e voou para longe deles. João e Maria o seguiram até chegarem a uma pequena casa. O passarinho pousou sobre o telhado, e as crianças se aproximaram para olhar o casebre, que era feito de pão, com telhado de bolo e janela de açúcar transparente.

— Vamos pegar um pouco disso — falou João —, e faremos uma bela refeição. Comerei um pedaço deste telhado, Maria, e você pode pegar um pouquinho da janela. Parece muito saborosa!

Então João estendeu a mão e quebrou um pedacinho do telhado, apenas para descobrir o seu sabor, enquanto Maria roía um pedaço da janela. Em pouco tempo, eles escutaram uma voz fininha vindo de dentro da casa:

— Roendo, roendo, como um rato! Quem está roendo a minha casa?

E as crianças responderam:

— Ninguém, é apenas o vento!

Eles voltaram a comer, sem se perturbar mais. João, que achara o telhado muito gostoso, tirou mais um grande pedaço, e Maria puxou outra lasca da vidraça açucarada e se sentou para saboreá-la. Então, a porta se abriu, e uma idosa surgiu, apoiando-se em uma muleta. João e Maria se assustaram e quase derrubaram o que mantinham em suas mãos. A velha, todavia, balançou a sua cabeça e disse:

— Ah, queridas crianças, como chegaram aqui? Vocês devem entrar e ficar comigo para não terem nenhum problema!

A mulher pegou cada criança pela mão e entrou em sua casa pequenina. Lá, os irmãos encontraram uma esplêndida refeição, com leite, panquecas, açúcar, maçã e nozes. Depois que ela mostrou as pequeninas e brancas camas, João e Maria se deitaram nelas, pensando que estavam no céu.

A velha, embora parecesse muito gentil, era na verdade uma perversa bruxa, que construiu a casinha para seduzir crianças. Uma vez que elas estavam dentro, a mulher as matava, cozinhava e as comia, o que era um dia de festa para ela. Seus olhos eram vermelhos, e ela não enxergava muito bem, mas tinha um excelente olfato — como o das bestas — e sabia bem quando humanos estavam por perto. Ao perceber a aproximação de João e Maria, deu uma estrondosa risada e disse, triunfante:

— Eu os tenho! Eles não escaparão de mim!

De manhã cedo, antes das crianças despertarem, a bruxa se levantou e as olhou. Elas dormiam tão tranquilamente, com suas bochechas coradas, que a velha disse para si mesma:

— Que ótima refeição eu farei!

Em seguida, agarrou João com sua mão atrofiada e o levou para uma gaiola, trancando-o atrás da grade. O menino poderia gritar o quanto quisesse, ninguém o salvaria. Logo depois, voltou-se para Maria, que chorava, e a balançou:

— Vamos, sua preguiçosa! Aqueça a água e cozinhe algo bom para seu irmão. Ele não está suculento e precisamos engordá-lo. Assim que estiver gordo o suficiente, eu o comerei!

Maria chorava amargamente, mas isso não teria utilidade nenhuma. Ela precisava fazer o que a bruxa má ordenasse.

E, assim, a melhor comida foi feita para o pobre João, enquanto Maria não comia nada além de conchas de caranguejo. Toda manhã, a velha ia à pequena gaiola e clamava:

— João, me mostre o seu dedo, que eu direi se já está gordo o suficiente.

João, todavia, mostrava um pequenino osso, e a velha, que enxergava muito mal, não podia ver o que era. Acreditando que aquilo era realmente o dedo de João, achava que o menino não estava engordando. Após quatro semanas, João ainda lhe parecia magrinho, e a bruxa perdeu a paciência e disse que não esperaria mais.

— Venha aqui, Maria — ordenou para a garotinha. — Seja rápida e esquente a água. Esteja João gordo ou magro, amanhã irei matá-lo e o cozinharei!

Que aflição para a pobre irmãzinha ter de esquentar a água, e como suas lágrimas rolavam sobre sua face!

— Querido Deus, nos ajude! — suplicava. — Se tivéssemos sido devorados pelos animais da floresta, pelo menos teríamos morrido juntos!

— Me poupe de seus lamentos! — falou a velha. — Eles são inúteis!

Na manhã seguinte, Maria teve de se levantar, acender o fogo e encher a chaleira.

— Primeiro, faremos o cozimento — disse a bruxa. — Eu já aqueci o forno, então sove a massa.

Ela empurrou a pobre Maria para o forno, cujas chamas já crepitavam.

— Entre — ordenou a velha. — Veja se ele já está adequadamente quente para cozinhar o pão.

E Maria, uma vez dentro, seria também cozinhada pela bruxa. Mas a menina, percebendo o que a mulher desejava, disse:

— Não sei como fazê-lo. Como devo entrar?

— Menina estúpida! — bradou a bruxa. — A entrada é grande o suficiente, não consegue ver? Eu posso fazer isso! — E ela parou de falar e colocou a cabeça na boca do forno. Então, Maria a empurrou e fechou a porta de ferro.

Ah, como eram terríveis os uivos da bruxa! Mas Maria não se apiedou e deixou a perversa arder miseravelmente. A menina correu para o seu irmão, abriu a porta da gaiola e comemorou:

— João, estamos livres! A bruxa velha está morta!

João saiu da gaiola como um passarinho enclausurado faria. Como eles comemoraram! Como eles se abraçaram, dançaram e se beijaram! E, já que nada mais tinham a temer, inspecionaram a casa da bruxa, que estava repleta de cofres de pérolas e pedras preciosas.

— Isso é melhor do que pedrinhas brilhantes — disse João, que encheu seus bolsos. E Maria, pensando que poderia levar algo para casa com ela, também deixou seu avental abarrotado.

— Agora, vamos! — exclamou João. — Nós podemos sair da casa da bruxa!

Quando eles retornaram à sua jornada, em poucas horas encontraram um grande córrego.

— Nunca conseguiremos atravessar — disse João. — Não vejo um caminho de pedras e nenhuma ponte.

— E não há um barco sequer — completou Maria. — Mas lá vem uma pata branca. Se eu perguntar, ela poderá nos ajudar. — E a menina falou: — Patinha, patinha, aqui estamos, João e Maria, sobre a terra. Não temos uma ponte e nem um trampolim; leve-nos em suas lindas costas brancas.

E a pata concordou. João subiu e estendeu a sua mão para a irmã segui-lo.

— Não — respondeu Maria. — Será muito difícil para a pata. Podemos ir separadamente, um atrás do outro.

Assim aconteceu, e eles seguiram alegremente, até chegarem à floresta, que parecia cada vez mais familiar até que, enfim, avistaram a casa de seu pai. Então, os pequenos correram até lá, abriram a porta e pularam sobre o pescoço do lenhador. O pobre homem não teve um minuto de paz desde que abandonou seus filhos na floresta, mas sua esposa morrera de fome. E quando Maria abriu seu avental, pérolas e pedras preciosas caíram sobre todo o aposento. João retirou mais joias do seu bolso. Assim, com todo o cuidado, eles viveram em grande alegria juntos.

O Gato de Botas

CHARLES PERRAULT

Le Maître chat ou le Chat botté | França | 1697

HAVIA UM MOLEIRO que não deixou nenhum bem para os três filhos que tinha, exceto por seu moinho, seu burro e seu gato. A partilha foi feita logo. Não chamaram nem escrivão nem advogado; eles teriam devorado todo o pouco patrimônio. O mais velho ficou com o moinho; o segundo, com o burro; e o mais novo, com nada exceto o gato. O pobre jovem estava bem desconfortável por ter recebido uma parte tão ruim.

— Meus irmãos — disse ele — podem ganhar a vida bem se juntarem seus quinhões; quanto a mim, quando eu tiver comido o gato e feito uma luva com sua pele, eu vou morrer de fome.

O Gato, que disfarçadamente escutara a conversa, disse para ele, com um ar grave e sério:

— Não se aflija assim, meu bom senhor. Você não precisa fazer nada a não ser me dar uma sacola e um par de botas feitas para mim para que eu possa correr por sobre terra e galhos; e você verá que eu não sou um quinhão tão ruim como imagina.

O mestre do Gato não se animou muito com o que ele disse, mas ele já o havia visto usar muitos truques espertos para pegar ratos e camundongos, como quando ele costumava se pendurar pelos pés, ou esconder-se ou fingir que estava morto; de modo que ele não se desesperou completamente ao ser oferecida alguma ajuda em sua situação miserável. Quando o Gato obteve o que pediu, calçou as botas muito elegantemente e, colocando sua sacola em volta do pescoço, ele segurou as cordas da sacola com as patas dianteiras e foi até uma toca onde havia grande abundância de coelhos. Ele pôs farelos e serralha em sua sacola e, estirando-se muito, como se estivesse morto, ele esperou que alguns coelhos jovens, ainda não acostumados às armadilhas do mundo, viessem e vasculhassem sua sacola atrás do que ele guardava nela.

Mal ele se deitara e aconteceu o que ele queria. Um jovem coelho, tolo e imprudente, pulou em sua sacola e Monsieur Gato imediatamente puxou as cordas, prendeu-o e o matou sem piedade. Orgulhoso de sua presa, ele foi com ela até o palácio e pediu para falar com Sua Majestade. Ele foi levado escadas acima até os aposentos do Rei e, fazendo uma longa mesura, disse-lhe:

— Eu trouxe para o senhor, Majestade, um coelho do criadouro que meu nobre senhor, o Marquês de Carabás (pois esse era o título que o gato quis dar a seu mestre), ordenou que eu presenteasse a Vossa Majestade em seu nome.

— Diga a seu mestre — falou o Rei — que eu o agradeço e que ele me dá muito prazer.

Em outro momento, ele se escondeu em meio a uma plantação de milho, segurando sua sacola aberta e, quando um par de perdizes entrou nela, ele puxou as cordas e assim as capturou. Ele fez delas também um presente para o Rei, como havia feito antes com o coelho do criadouro. O Rei, do mesmo modo, recebeu as perdizes com muito prazer e deu-lhe algum dinheiro para beber.

O Gato então continuou por dois ou três meses a levar para Sua Majestade, de tempos em tempos, caças de seu mestre. Um dia em especial, quando ele sabia com certeza que o Rei e sua filha, a mais bela princesa do mundo, sairiam em um passeio para espairecer aos leito do rio, ele disse a seu mestre:

— Se o senhor seguir meu conselho, a sua fortuna estará feita. O senhor não tem que fazer mais nada exceto lavar-se no rio, na parte que eu lhe mostrar, e deixar o resto comigo.

O Marquês de Carabás fez o que o Gato recomendou, sem saber razão ou motivo. O Rei passou enquanto ele estava se lavando, e o Gato começou a gritar:

— Socorro! Socorro! Meu senhor, o Marquês de Carabás, está se afogando!

Diante disso, o Rei pôs sua cabeça para fora da janela da carruagem e, vendo que era o Gato que tão frequentemente lhe trazia boa caça, ordenou aos guardas que corressem imediatamente ao auxílio de Sua Senhoria o Marquês de Carabás. Enquanto eles tiravam o pobre Marquês do rio, o Gato veio até a carruagem e contou ao Rei que, enquanto seu senhor se lavava, vieram alguns bandidos e roubaram suas roupas, mesmo ele tendo gritado "Ladrões! Ladrões!" diversas vezes.

Esse Gato astuto as havia escondido embaixo de uma grande rocha. O Rei imediatamente ordenou aos oficiais de seu guarda-roupa que corressem e trouxessem um de seus melhores trajes para o Marquês de Carabás.

O Rei o tratou de modo extraordinário e, como as roupas elegantes enalteceram sobremaneira seu semblante (pois ele era bem-feito e muito bem apessoado), a filha do Rei adquiriu um interesse secreto por ele; e o Marquês de Carabás mal dirigira

GUSTAVE DORÉ

dois ou três olhares respeitosos e ternos e ela já se apaixonou por ele perdidamente. O Rei sentiu-se obrigado a chamá-lo para a carruagem e para fazer parte do passeio. O Gato, muito feliz por ver seu projeto começando a dar certo, marchou na frente e, encontrando alguns camponeses que estavam cortando as plantas de um prado, disse-lhes:

— Bons homens, vocês que estão cortando, se não disserem ao Rei que o prado no qual vocês trabalham pertence ao meu senhor Marquês de Carabás, serão picotados como ervas para sopa!

O Rei não deixou de perguntar aos camponeses a quem pertencia o prado onde eles estavam.

— Ao meu senhor Marquês de Carabás — eles responderam todos juntos, pois as ameaças do Gato os deixaram terrivelmente assustados.

— Sabe, senhor — disse o Marquês —, este é um prado que nunca deixa de prover uma abundante colheita todo ano.

O Gato, que foi ainda na frente, encontrou alguns ceifadores e disse-lhes:

— Bons homens, vocês que estão ceifando, se não disserem ao Rei que todo esse milho pertence ao Marquês de Carabás, vão ser picotados como ervas para sopa!

O Rei, que passou por lá um momento depois, queria saber a quem pertencia todo aquele milho que ele via.

— Ao meu senhor Marquês de Carabás — responderam os ceifadores.

O Rei ficou muito satisfeito com isso, assim como o Marquês, a quem ele parabenizou em seguida. O Gato, que foi ainda na frente, disse as mesmas palavras a todos que encontrava, e o Rei estava atônito com a vastidão das propriedades do Marquês de Carabás.

Monsieur Gato chegou enfim a um castelo imponente, cujo senhor era um ogro, o mais rico já visto; pois todas as terras pelas quais o Rei passara pertenciam àquele castelo. O Gato, que havia tomado o cuidado de se informar sobre quem era esse ogro e o que podia fazer, pediu para falar com ele, dizendo que ele não podia passar por perto de seu castelo sem ter a honra de prestar-lhe homenagem.

O Ogro recebeu-o tão civilizadamente quanto um ogro conseguia, e fê-lo sentar-se.

— Me foi garantido — disse o Gato — que o senhor tem o dom de se transformar em todos os tipos de criaturas que quiser. Pode, por exemplo, se transformar em um leão, um elefante e coisas assim.

— Isso é verdade — respondeu o Ogro bruscamente. — E, para convencê-lo, você me verá virar um leão agora.

O Gato ficou tão aterrorizado diante de um leão tão perto dele que ele imediatamente subiu na calha, não sem muitos problemas e perigo, pois suas botas não eram próprias para se andar no telhado. Um pouco depois, quando o Gato viu que o Ogro havia retomado sua forma original, ele desceu e admitiu que ficara muito assustado.

— Além disso, eu fui informado — disse o Gato —, mas não sei se acredito, que o senhor tem também o poder de adotar a forma dos menores animais; por exemplo, pode se transformar em um rato ou camundongo. Mas eu devo confessar ao senhor que acredito que isso é impossível.

— Impossível! — gritou o Ogro. — Você o verá imediatamente.

E nesse momento ele se tornou um camundongo e começou a correr pelo chão. Tão logo o Gato viu isso, caiu em cima dele e o comeu.

Enquanto isso, o Rei, que via, enquanto passava, esse maravilhoso castelo do Ogro, decidiu adentrá-lo. O Gato ouviu o barulho da carruagem de Sua Majestade correndo pela ponte levadiça, correu e disse ao Rei:

— Vossa Majestade é bem-vindo ao castelo de meu senhor Marquês de Carabás.

— O quê? Meu caro Marquês! — gritou o Rei. — E esse castelo também pertence ao senhor? Não há nada mais rico

GEORGE CRUIKSHANK

que este pátio e todas as construções majestosas que o rodeiam! Vamos entrar, por favor.

O Marquês deu sua mão para a Princesa e seguiu o Rei, que entrou primeiro. Eles passaram por um salão espaçoso onde acharam uma refeição magnífica, que o Ogro havia preparado para seus amigos, que deviam visitá-lo naquele mesmo dia mas não ousaram entrar, sabendo que o Rei estava lá dentro. Sua Majestade estava verdadeiramente encantado com as boas qualidades do Marquês de Carabás, como estava sua filha, que tinha se apaixonado violentamente por ele. O Rei, vendo a grande riqueza que ele possuía, disse-lhe, depois de beber cinco ou seis taças:

— Dependerá apenas do senhor, meu caro Marquês, se será ou não meu genro.

O Marquês, fazendo muitas mesuras, aceitou a honra que Sua Majestade lhe conferia; e, então, naquele mesmo dia, casou-se com a Princesa.

O Gato tornou-se um grande Senhor e nunca mais correu atrás de ratos, exceto por diversão.

O Príncipe Sapo

JACOB E WILHELM GRIMM

Der Froschkönig oder der eiserne Heinrich | Alemanha | 1812

NOS TEMPOS ANTIGOS, quando ainda era útil desejar a coisa que se queria, havia um Rei cujas filhas eram todas belas; mas a mais nova era tão linda que o próprio sol, que já viu tantas coisas, admirava-se cada vez que brilhava sobre ela, por causa de sua beleza. Perto do castelo real, havia um grande bosque escuro e, lá dentro, embaixo de uma velha tília, havia um poço. Quando o dia estava quente, a filha do Rei costumava ir até o bosque e sentar-se na beirada do poço frio. Se tivesse tempo, levava uma bola dourada consigo e jogava-a para cima para pegá-la; e esse era seu passatempo favorito.

Bem, um dia aconteceu que a bola dourada, em vez de cair na pequena mão de donzela que a havia lançado, caiu no chão, perto da borda do poço, e rolou para dentro. A filha do

Rei seguiu-a com os olhos enquanto ela afundava, mas o poço era fundo, tão fundo que o fim não podia ser visto. Então ela começou a chorar, e chorou e chorou como se não pudesse ser consolada. Em meio a seu pranto, ela ouviu uma voz dizendo-lhe:

— O que a aflige, filha do Rei? Suas lágrimas derreteriam um coração de pedra.

Quando ela olhou para ver de onde a voz viera, não havia nada exceto um sapo esticando sua cabeça feia e grossa para fora da água.

— Ah, é você, velho patinhador? — perguntou ela. — Choro porque minha bola dourada caiu no poço.

— Não se preocupe, não chore — disse o sapo. — Eu posso ajudá-la; mas o que você me dará se eu trouxer sua bola de volta?

— O que você quiser, caro sapo — respondeu ela. — Qualquer uma de minhas roupas, minhas pérolas e joias, ou mesmo a coroa dourada que eu uso.

— Suas roupas, suas pérolas e joias e sua coroa dourada não são úteis para mim — respondeu o sapo. — Mas se você me amasse, me aceitasse como companheiro e camarada e me deixasse sentar com você à mesa, comer do seu prato, beber de seu copo e dormir em sua cama; se você me prometesse tudo isso, então eu mergulharia sob a água e traria sua bola dourada de volta.

— Ah, sim — ela respondeu. — Eu prometerei tudo isso, o que você quiser, se apenas trouxer minha bola de volta.

Mas ela disse a si mesma: *Que besteiras ele diz! Como se ele pudesse fazer algo a mais do que sentar pela água e coaxar com os outros sapos, ou pudesse ser o companheiro de alguém.*

Só que o sapo, tão logo ouviu sua promessa, mergulhou a cabeça sob a água e afundou para fora de vista. Depois de um tempo, ele veio à superfície novamente com a bola em sua boca e a jogou na grama.

O PRÍNCIPE SAPO **153**

A filha do Rei ficou exultante ao ver seu belo brinquedo de novo, e ela o apanhou e correu com ele.

— Espere, espere! — gritou o sapo. — Leve-me também; eu não posso correr tão rápido quanto você!

Mas não adiantou, pois por mais que coaxasse atrás dela, ela não o escutava e apressava-se para casa. Logo esqueceu tudo sobre o pobre sapo, que teve de valer-se novamente de seu poço.

No dia seguinte, quando a filha do Rei estava sentada à mesa com o Rei e toda a corte, comendo de seu prato de ouro, alguma coisa saltitou pela escada de mármore e bateu à porta, e uma voz gritou:

— Filha mais nova do Rei, deixe-me entrar!

Ela levantou e foi ver quem podia ser. Ao abrir a porta, deparou-se com um sapo sentado lá fora. Então fechou a porta apressadamente e voltou ao seu lugar, sentindo-se muito desconfortável. O Rei percebeu quão rápido seu coração batia e perguntou:

— Minha criança, do que tem medo? Há um gigante parado à porta, pronto para levá-la embora?

— Ah, não — ela respondeu. — Mas um sapo horroroso.

— E o que o sapo quer? — perguntou o Rei.

— Ó, querido pai — ela lamentou. — Quando eu estava sentada pelo poço ontem, brincando com minha bola dourada, ela caiu na água. Enquanto eu chorava por tê-la perdido, o sapo veio e pegou-a de volta para mim com a condição de que eu o deixasse ser meu companheiro, mas nunca pensei que ele deixaria a água e viria atrás de mim. Agora ele está lá fora e quer entrar.

E então eles todos o ouviram bater à porta uma segunda vez, gritando:

— Filha mais nova do Rei, abra para mim! Perto do poço, o que foi que me prometeu? Filha mais nova do Rei, abra agora para mim!

— Aquilo que você prometeu, você deve cumprir — disse o Rei. — Vá e deixe-o entrar.

Então ela foi e abriu a porta, e o sapo saltou para dentro, seguindo-a pelos calcanhares até ela chegar à sua cadeira. Ele se inclinou e berrou:

— Levante-me para eu sentar perto de você.

Contudo, ela demorou para fazê-lo, até que o Rei a ordenou. Depois que o sapo chegou à cadeira, ele quis ir para a mesa; lá, sentou-se e disse:

— Agora empurre seu prato dourado mais para perto, para que possamos comer juntos.

E assim ela fez, mas todos puderam ver como ela o fazia a contragosto. E, enquanto o sapo regalava-se de bom grado, cada pedaço de comida parecia grudar na garganta dela.

— Já comi o suficiente — disse o sapo, enfim. — E como estou cansado, você deve me levar aos seus aposentos e preparar sua cama de seda. Lá, vamos deitar e dormir.

Então, a filha do Rei começou a chorar, e teve medo do sapo gélido. Ela perguntou se nada o satisfaria além de dormir em sua linda e limpa cama. Nesse momento, o Rei ficou com raiva e bradou:

— Aquilo que você prometeu em uma hora de necessidade, você deve cumprir!

Ela pegou o sapo com seu indicador e polegar, levou-o escada acima e colocou-o em um canto. No momento em que ela se deitara para dormir, ele veio rastejante dizer-lhe:

— Estou cansado e quero dormir tanto quanto você; leve--me aí para cima ou eu direi ao seu pai.

ARTHUR RACKHAM

Ela ficou fora de si de tanta raiva, apanhou-o e arremessou-o com toda a força contra a parede, gritando:
— Agora você vai ficar quieto, seu sapo horroroso!

Mas, enquanto ele caía, ele deixou de ser um sapo e virou um príncipe com lindos e bondosos olhos. E aconteceu que, com o consentimento do Rei, eles se tornaram noivos. Ele disse a ela que uma bruxa maligna o havia transformado com seus feitiços e que ninguém exceto a princesa poderia libertado. Assim, os dois deveriam ir juntos ao reino de seu pai.

Veio à porta uma carruagem puxada por oito cavalos brancos, com plumas alvas em suas cabeças e selas douradas; logo atrás da carruagem, estava o fiel Heinrich, o servo do jovem príncipe. O fiel Heinrich havia sofrido tanto quando seu mestre se tornara um sapo que fora forçado a usar três tiras de ferro em volta de seu coração, para impedi-lo de se quebrar com a preocupação e a ansiedade. Assim que o casal entrou na carruagem após sua ajuda, o fiel Heinrich subiu atrás, cheio de felicidade com o salvamento de seu senhor. Quando eles já haviam partido há um bom tempo, o príncipe ouviu um barulho atrás da carruagem, como se algo houvesse quebrado. Ele virou-se e gritou:

— Heinrich, a roda deve ter quebrado!

Mas Heinrich respondeu:

— A roda não quebra, é uma tira de ferro que prendi ao redor do meu coração para diminuir a dor enquanto eu sofria por você.

De novo e mais uma vez, ouviu-se o mesmo som, e o príncipe pensou novamente que era a roda quebrando. No entanto, era o som das outras tiras ao redor do coração do fiel Heinrich se partindo, porque ele agora estava aliviado e feliz.

João e o Pé de Feijão

JOSEPH JACOBS

Jack and the Beanstalk | Inglaterra | 1890

ERA UMA VEZ UMA POBRE VIÚVA que tinha um único filho, chamado João, e uma vaca de nome Branca-Leitosa. Tudo o que eles tinham para sobreviver era o leite que a vaca lhes dava toda manhã, que levavam até o mercado e vendiam. Mas, certa manhã, Branca-Leitosa não deu leite e eles não souberam o que fazer.

— O que faremos, o que faremos? — dizia a viúva, espremendo suas mãos.

— Anime-se, mamãe: eu vou sair e conseguir trabalho em algum lugar — respondia João.

— Nós tentamos isso antes, e ninguém o aceitou — lembrava a mãe. — Devemos vender Branca-Leitosa e, com o dinheiro, faremos alguma coisa. Começar um negócio ou algo assim.

— Está bem, mamãe — respondeu João. — É dia de mercado hoje, e vou vender Branca-Leitosa. Então, veremos o que fazer.

Ele tomou o cabresto da vaca em uma mão e partiu. Não havia ido longe quando encontrou um velho esquisito, que lhe disse:

— Bom dia, João.

— Bom dia ao senhor — disse João, que se perguntou como ele sabia seu nome.

— Bem, aonde é que você vai? — o homem procurou saber.

— Eu vou ao mercado para vender nossa vaca.

— Oh, você se parece mesmo com um bom rapaz vendedor de vacas — rebateu o homem. — Eu me pergunto se você sabe quantos feijões formam cinco.

— Dois em cada mão e um em sua boca — disse João, afiado como uma agulha.

— Você está certo — confirmou o homem. — E aqui eles estão, os próprios feijões. — E tirou de seu bolso alguns feijões estranhos. — Como você é tão esperto, eu não me importo de fazer uma troca com você: sua vaca por esses feijões.

— Homessa![10] Aposto que sim!

— Ah! Você não sabe o que são esses feijões. Se você os plantar à noite, pela manhã eles terão crescido até o céu.

— Mesmo? Não diga.

— Sim, é verdade. E, se não for, você pode pegar a sua vaca de volta.

— Certo — confirmou João, que lhe entregou o cabresto de Branca-Leitosa e pôs os feijões no bolso.

---

[10] No original, "Walker!" é uma interjeição típica do período vitoriano que expressa incredulidade. Aqui, traduzimos como "Homessa!" para representar a mesma expressão datada; que significaria atualmente "ora essa!". [N.T.]

De volta foi João para casa e, como ele não tinha ido muito longe, não estava escuro na hora em que chegou à sua porta.

— Já de volta, João? — perguntou sua mãe. — Vejo que não está com Branca-Leitosa, então você a vendeu. Quanto conseguiu por ela?

— Você nunca vai adivinhar — disse João.

— Não, não me diga. Bom garoto! Cinco libras, dez, quinze, não, não pode ser vinte.

— Eu disse que não conseguiria adivinhar; o que acha desses feijões? Eles são mágicos, plante-os à noite e...

— O quê?! — exclamou a mãe. — Você foi tão tolo, tão pateta, tão idiota, a ponto de dar minha Branca-Leitosa, a melhor vaca leiteira da paróquia, e carne de primeira ainda mais, por um punhado de reles feijões? *Tome! Tome! Tome!* E quanto aos seus preciosos feijões, aqui vão eles janela afora! Agora, já pra cama! Não vai beber e nem comer nada nesta noite.

João subiu as escadas para seu quartinho no sótão. Estava triste e arrependido, claro, tanto por causa de sua mãe como pela perda do jantar.

Enfim, caiu no sono.

Quando acordou, o quarto parecia estranho. O sol brilhava em uma parte dele e, mesmo assim, todo o resto estava muito escuro e sombrio. João levantou-se, vestiu-se e foi até a janela. E o que você acha que ele viu? Ora, os feijões que sua mãe havia arremessado se tornaram um grande pé de feijão que subia, subia e subia, até alcançar o céu. O homem falara a verdade, afinal.

O pé de feijão cresceu tão perto da janela de João que tudo que ele tinha de fazer era abri-la e pular na planta, que era como uma grande escada trançada. João escalou, escalou, escalou, escalou, escalou, escalou e escalou, até que enfim chegou ao céu. Lá, achou uma estrada longa e larga, que seguia

WALTER CRANE
VERSÃO COM RIMAS

reta como uma flecha. Ele andou por ela, andou e andou, até chegar a uma casa grande e alta. Na entrada, havia uma mulher grande e esguia.

— Bom dia, senhora — cumprimentou João, bem-educado. — A senhora poderia fazer o favor de me dar um pouco de café-da-manhã? — Pois ele não havia comido nada, como você sabe, na noite anterior, e estava faminto como um urso.[11]

— É café-da-manhã que você quer, é? — perguntou a mulher grande e alta. — É café-da-manhã o que você vai ser se não for embora daqui. Meu marido é um ogro e não há nada que ele goste mais do que um garoto grelhado na torrada. É melhor você ir logo; ele vai chegar já.

— Oh! Por favor, senhora, dê-me algo para comer. Eu não comi nada desde ontem de manhã, mesmo, de verdade, senhora — implorou João. — É melhor eu ser grelhado do que morrer de fome.

Bem, a mulher do ogro não era um tipo tão ruim, afinal. Então, ela levou João até a cozinha e lhe deu um pouco de pão e queijo e uma jarra de leite. Mas João estava longe de terminar quando *Tum! Tum! Tum!* A casa toda começou a tremer com o barulho de alguém chegando.

— Misericórdia[12]! É o meu velho — exclamou a mulher do ogro. — O que diabos vou fazer? Aqui, venha rápido e pule aqui dentro! — E ela guardou João no forno na hora em que o ogro entrou.

Ele era dos grandes, com certeza. Em seu cinto, carregava três bezerros amarrados pelos calcanhares, que logo desamarrou e jogou na mesa, dizendo:

— Aqui, mulher. Grelhe alguns deles pro café-da-manhã. E o que é esse cheiro?

Fi-fai-fo-fum,
Sinto do sangue inglês o bodum,

---

[11] No original, "hungry as a hunter" significa literalmente "faminto como um caçador". [N.T.]

[12] "Goodness gracious me" é expressão religiosa que indica espanto ou pedido de ajuda. [N.T]

Esteja ele vivo ou não,
Usarei seus ossos para moer meu pão.

— Bobagem, querido — disse sua mulher. — Você está sonhando. Ou talvez seja o cheiro dos restos daquele garotinho que você gostou tanto no jantar de ontem. Ande, vá se lavar e se arrumar. Na hora que voltar, seu café-da-manhã estará pronto.

O ogro saiu, e João já ia pular para fora do fogão e correr quando a mulher disse que não o fizesse.

— Espere até que ele durma — explicou ela. — Ele sempre tira uma soneca depois do café.

Bem, o ogro tomou seu café e, depois disso, foi até um grande baú e tirou de lá algumas sacolas de ouro. Então, sentou-se para contar o que tinha até que, enfim, começou a cochilar e a roncar, fazendo toda a casa balançar de novo.

João esgueirou-se e saiu na ponta dos pés do fogão. Conforme ele passava pelo ogro, pegou uma das sacolas de ouro debaixo do seu braço e correu até chegar no pé de feijão. Ele jogou lá embaixo a sacola, que, é claro, caiu no jardim de sua mãe, e só então desceu e desceu, até chegar à sua casa e mostrar o ouro à mãe, dizendo:

— Bem, mamãe, eu não estava certo sobre os feijões? Eles são realmente mágicos, entende?

Eles viveram com a sacola de ouro por algum tempo; mas o ouro acabou, então João convenceu-se a tentar a sorte mais uma vez e subir ao topo do pé de feijão. Em uma bela manhã, ele acordou cedo e fez o seu trajeto. Ele escalou, escalou, escalou, escalou, escalou e escalou, até que enfim chegou à estrada novamente e encontrou a enorme casa alta que vira antes. Ali, como esperado, estava a grande mulher esguia, em pé, diante da porta.

MILDRED LYON

— Bom dia, senhora — disse João, ousado como um leão. — A senhora poderia fazer o favor de me dar alguma coisa para comer?

— Vá embora, menino — falou a mulher grande e alta. — Ou meu marido vai comer você no café-da-manhã. Mas você não é o jovem que veio aqui outra vez? Sabe, naquele mesmo dia, meu marido deu falta de uma de suas sacolas de ouro.

— Isso é estranho, senhora — comentou João. — Eu até diria que sei algo sobre isso, mas estou tão faminto que não consigo falar até que coma algo.

Bem, a mulher grande e alta estava tão curiosa que ela o levou para dentro e deu-lhe algo para comer. Mas ele mal começou a mastigar quando *Tum! Tum! Tum!* Eles ouviram os passos do gigante, e sua mulher escondeu João no fogão.

Tudo aconteceu como antes. O ogro entrou, cantou "Fi--fai-fo-fum" e comeu seu café-da-manhã: três bois grelhados. Então, disse:

— Mulher, traga-me a galinha que põe os ovos de ouro.

Então ela a trouxe, e o ogro ordenou:

— Ponha! — E a galinha pôs um ovo todo de ouro.

Pouco depois, o ogro começou a cochilar e a roncar, balançando toda a casa.

João esgueirou-se, saiu na ponta dos pés do fogão e apanhou a galinha dourada, indo embora antes que qualquer um notasse. Mas, dessa vez, a galinha soltou um cacarejo que acordou o ogro e, tão logo João saiu da casa, ele o ouviu chamar:

— Mulher, mulher, o que você fez com minha galinha de ouro?

E a mulher disse:

— Por quê, querido?

Isso foi tudo o que João ouviu, pois correu para o pé de feijão e desceu como se este pegasse fogo. Quando chegou à sua casa, mostrou à mãe a maravilhosa galinha e disse:

— Ponha! — E ela pôs um ovo de ouro toda vez que ele ordenava.

Bem, João não estava contente e não demorou para se convencer a tentar uma vez mais a sua chance. Em uma bela manhã, acordou cedo e foi até o pé de feijão, e escalou, escalou, escalou e escalou, até que chegou ao topo. Porém, dessa vez, ele sabia que não deveria ir direto à casa do ogro. Quando se aproximou, esperou atrás de um arbusto até ver a mulher do ogro sair com um balde para buscar água. Então, esgueirou-se até a casa e entrou numa panela. Ele não estava lá há muito tempo quando ouviu *Tum! Tum! Tum!* Como antes, entraram o ogro e sua esposa.

— *Fi-fai-fo-fum! Sinto do sangue inglês o futum* — gritou o ogro. — Eu sinto o cheiro, mulher, eu sinto!

— Sente, querido? — perguntou a sua esposa. — Se for aquele vigaristazinho que roubou seu ouro e a galinha que botava ovos de ouro, ele com certeza entrou no fogão. — E os dois correram até o fogão.

Mas João não estava lá, por sorte, e a mulher do ogro disse:

— Lá vai você de novo com o seu "fi-fai-fo-fum"! Ora, é claro que é o rapaz que você pegou noite passada e que grelhei para o seu café-da-manhã. Que esquecida eu sou, e que descuidado você é por não saber a diferença entre um vivo e um morto.

Então o ogro sentou-se para o café e comeu, mas, de vez em quando murmurava:

— Ora, eu podia jurar... — E levantava e procurava na despensa, nos armários e tudo mais. Por sorte, ele não pensou na panela.

Depois de terminar o café, o ogro chamou:

— Mulher, mulher, traga minha harpa de ouro.

Então ela a trouxe e a colocou sobre a mesa à sua frente. Ao que ele disse:

— Cante! — E a harpa dourada cantou muito lindamente. Ela continuou cantando até que o ogro caiu no sono e começou a roncar como um trovão.

João levantou a tampa da panela silenciosamente, desceu como um rato e rastejou sobre as mãos e joelhos até chegar à mesa. Quando levantou, pegou a harpa de ouro e correu com ela até a porta. Todavia, a harpa gritou muito alto:

— Mestre! Mestre! — E o ogro acordou bem a tempo de ver João correndo com sua harpa.

João correu o mais depressa que pôde, e o ogro o seguiu. Ele o teria logo apanhado, mas João tinha uma vantagem e desviou-se um pouco, porque sabia aonde ia. Quando chegou ao pé de feijão, o ogro não estava a mais de vinte metros de distância e viu João desaparecer de repente. Ao chegar ao fim da estrada, avistou João lá embaixo, descendo incrivelmente rápido. Bem, o ogro não gostou da ideia de confiar-se a tal escada e parou e esperou, o que deu a João mais alguma vantagem. Porém, a harpa gritou:

— Mestre! Mestre! — E o ogro jogou-se sobre o pé de feijão, que envergou com seu peso.

João desceu e desceu, até que estava quase em casa. Então, gritou:

— Mamãe! Mamãe! Traga-me um machado, traga-me um machado!

E sua mãe correu para fora com um machado na mão. Mas, ao chegar pé de feijão, ela paralisou de medo, pois viu o ogro descendo sob as nuvens.

João pulou para baixo, pegou o machado e deu um talho no pé de feijão, cortando-o ao meio. Então, o ogro sentiu o pé de feijão balançar e tremer e parou para ver qual era o problema. João deu outro talho com o machado, e o pé de feijão cortou-se em dois e começou a desabar. Logo o ogro caiu e quebrou o crânio, e o pé de feijão tombou em seguida.

João mostrou à sua mãe a harpa dourada e, exibindo aquilo e vendendo os ovos de ouro, os dois ficaram muito ricos. Ele casou-se com uma gloriosa princesa, e todos viveram felizes para sempre.

O Alfaiate Valente

JACOB E WILHELM GRIMM

Das tapfere Schneiderlein | Alemanha | 1812

EM UMA MANHÃ DE VERÃO, um pequeno alfaiate estava sentado à sua tábua, próximo à janela, trabalhando alegremente com toda sua habilidade quando uma velhinha desceu a rua, gritando:

— Geleia boa à venda! Geleia boa à venda!

Aquela voz soou agradável para os ouvidos do pequeno alfaiate; então ele pôs a cabeça para fora da janela e chamou:

— Aqui, minha boa senhora! Venha cá se quiser um cliente!

A pobre mulher subiu os degraus com sua cesta pesada e ficou feliz em desembalar e exibir todos os seus potes ao alfaiate. Ele olhou para cada um deles e, levantando todas as tampas, levou seu nariz a cada um, dizendo enfim:

— A geleia parece muito boa; você pode pesar 60 gramas para mim, mas não me importaria de ganhar 100 gramas.

A mulher, que antes esperava achar um bom cliente, deu-lhe o que ele pediu, mas saiu zangada e resmungando.

— Essa geleia é a coisa certa para mim — disse o pequeno alfaiate. — Vai me dar força e destreza.

Ele tirou o pão do armário, cortou um pedaço e passou geleia nele; colocou-o perto dele e continuou cosendo[13], mais galante do que nunca. Enquanto isso, o aroma da doce geleia estava se espalhando pela sala, onde havia algumas moscas que logo foram atraídas por ele e voaram para tomar parte.

— Espere um pouco, quem convidou vocês? — disse o alfaiate, e expulsou as convidadas indesejadas.

Mas as moscas, sem entender seu idioma, não desistiriam assim tão facilmente e retornaram em maior número do que antes. Então, o alfaiate, não aguentando mais, pegou no canto da chaminé um pano esfarrapado e disse:

— Ora, agora vocês vão ver! — E bateu nelas sem misericórdia.

Quando ele parou e contou os mortos, achou sete pequenos cadáveres estendidos diante de si.

— Isso é de fato alguma coisa — disse, maravilhado com sua própria valentia. — A cidade inteira saberá disso.

Então, ele se apressou para cortar um cinto, costurou-o e inscreveu em letras grandes: "Sete em um golpe!"

— A cidade, disse eu? — falou o alfaiate. — O mundo inteiro o saberá! — E seu coração fremia de alegria, como a cauda de um cordeiro.

O alfaiate apertou o cinto em volta de si e começou a pensar em sair pelo mundo, pois sua oficina parecia pequena demais para sua adoração. Assim, ele procurou na casa por algo que fosse útil levar consigo, mas não achou nada exceto um

---

13 Unir com linha e agulha, dando pontos. [N.E.]

queijo velho, que pôs no bolso. Do lado de fora da porta, notou que um pássaro havia ficado preso nos arbustos; então, ele o pegou e o pôs em seu bolso com o queijo. Dessa forma, partiu valentemente em seu caminho e, como estava leve e ativo, não se sentiu cansado. O caminho o levou sobre uma montanha e, ao alcançar o topo, viu um horrível gigante sentado lá, olhando em volta à vontade. O alfaiate foi valentemente até ele e disse:

— Camarada, bom dia! Aí está você, olhando o mundo todo! Eu estou a caminho de lá para buscar a minha sorte. Você quer ir comigo?

O gigante olhou para o alfaiate desdenhosamente e falou:

— Seu patifezinho! Seu miserável!

— Pode ser! — respondeu o pequeno alfaiate e, desabotoando o casaco, mostrou ao gigante seu cinto. — Você pode ler aqui se eu sou um homem ou não!

O gigante leu: "Sete em um golpe!" e, pensando que eram homens que o alfaiate havia matado, sentiu imediatamente mais respeito pelo pequenino. Mas, como queria testá-lo, pegou uma pedra e a apertou com tanta força que água saiu dela.

— Agora faça o mesmo que fiz — disse o gigante. — Isto é, se você tiver força para tanto.

— Isso não é muita coisa — afirmou o alfaiate. — Chamo isso de brincadeira.

E ele pôs a mão no bolso, tirou o queijo e apertou-o tanto que leite saiu dele.

— Bem — disse o pequeno. — O que acha disso?

O gigante não sabia o que dizer, pois não acreditava que o homenzinho conseguiria. Então, levantou um pedregulho e arremessou-o tão alto que ele quase saiu de vista.

— Agora, coleguinha, tente fazer isso!

— Belo arremesso — confirmou o alfaiate. — Mas o pedregulho caiu de novo no chão. Já eu, vou arremessar e ele nunca mais vai voltar.

Ele remexeu o bolso, tirou o pássaro e arremessou-o para cima. E o pássaro, quando se viu livre, voou para longe e não voltou mais.

— O que achou disso, camarada? — perguntou o alfaiate.

— Não há dúvida que você pode arremessar — disse o gigante. — Mas vamos ver se pode carregar.

Ele levou o alfaiate até um grande carvalho que havia caído no chão e disse:

— Agora, se você for forte o bastante, ajude-me a carregar esta árvore para fora do bosque.

— De bom grado — respondeu o homenzinho. — Você leva o tronco nos seus ombros, e eu levo os galhos com toda sua folhagem, o que é muito mais difícil.

Dessa maneira, o gigante pôs o tronco nos ombros e o alfaiate sentou-se em um galho. E o gigante, que não podia ver o que o homem fazia, tinha a árvore inteira para carregar com o homenzinho em cima também. O alfaiate estava muito alegre e feliz e cantarolou: "Havia três alfaiates cavalgando por aí", como se carregar a árvore fosse brincadeira de criança. O gigante, depois de se esforçar parte do caminho sob todo aquele peso, cansou-se e disse:

Olha só, eu preciso abaixar a árvore!

O alfaiate pulou para baixo e, pegando a árvore com ambos os braços como se a estivesse carregando, disse ao gigante:

— Tá vendo? Você não consegue carregar a árvore, mesmo sendo tão grande!

Eles continuaram um pouco mais e logo chegaram a uma cerejeira. O gigante segurou os galhos mais altos, onde estavam as frutas mais maduras e, puxando-os para baixo, deu-as ao

CARL OFFTERDINGER E HEINRICH LEUTEMANN

alfaiate para comer. Mas o pequeno alfaiate era fraco demais para segurar a árvore e, quando o gigante soltou, a árvore saltou de volta a arremessou o alfaiate ao ar. Quando ele caiu de novo, sem qualquer dano, o gigante perguntou:

— Como pode? Você não tem força o bastante para segurar um raminho pequeno como esse?

— Não me falta força alguma — respondeu o pequeno alfaiate. — Como seria possível, para quem matou sete com um só golpe? Eu só pulei por cima da árvore por causa dos caçadores que estão atirando aí embaixo, nos arbustos. Pule aqui também, se você conseguir!

O gigante fez uma tentativa mas, não conseguindo galgar a árvore, continuou pendurado nos galhos, de forma que mais uma vez o pequeno alfaiate levou a melhor sobre ele. Então o gigante disse:

— Você é um camarada tão valente; imagine se você viesse à minha toca e passasse a noite!

O alfaiate estava bastante disposto e o seguiu. Quando eles alcançaram a toca, viram alguns outros gigantes sentados em volta do fogo; cada um tinha um carneiro assado numa mão, e os comiam. O pequeno alfaiate olhou em volta e pensou:

— Há mais espaço aqui do que na minha oficina.

O gigante mostrou-lhe uma cama e disse-lhe que era melhor ele se deitar e dormir. A cama era, porém, grande demais para o alfaiate; então ele não ficou lá, mas esgueirou-se até um canto para dormir. Tão logo deu meia-noite, o gigante levantou, pegou um enorme bastão de ferro e estraçalhou a cama com um golpe! Ele imaginou que assim havia dado um fim naquele *gafanhoto* que era o alfaiate. Muito cedo pela manhã, os gigantes foram à floresta e se esqueceram completamente o pequeno alfaiate; e, quando eles o viram vindo atrás deles, vivo e alegre, ficaram terrivelmente assustados e, pensando que ele iria matá-los, todos fugiram com muita pressa.

Assim, o pequeno alfaiate continuou marchando, sempre seguindo o seu nariz. Depois que percorreu um longo caminho, entrou em um pátio que pertencia ao palácio do Rei e sentiu-se

O ALFAIATE VALENTE **173**

tão arrebatado pelo cansaço que se deitou e caiu no sono. Nesse meio tempo, várias pessoas vieram e o olharam muito curiosamente, lendo em seu cinto "Sete em um só golpe!"

— Oh! — exclamaram eles. — Por que este grande lorde viria até aqui em tempos de paz? Que grande herói ele deve ser.

As pessoas contaram ao Rei sobre ele, e todos acharam que se uma guerra irrompesse, o homenzinho seria um valioso e útil guerreiro e não deveriam deixá-lo partir a nenhum custo. O Rei, então, convocou o seu conselho e mandou um de seus cortesãos ao pequeno alfaiate para implorar-lhe, tão logo ele acordasse, que servisse no exército do Rei. O mensageiro postou-se e esperou ao lado do dorminhoco até que seus membros começaram a esticar, seus olhos a se abrir, e ele pôde levar a mensagem de volta. E a resposta foi:

— Essa foi a razão pela qual eu vim — disse o alfaiate. — Estou pronto para entrar no serviço do Rei.

Ele foi recebido muito honrosamente e um cômodo separado foi reservado para ele. Mas o resto dos soldados ficaram muito invejosos do pequeno alfaiate e desejavam que ele fosse para muito longe dali.

— O que se pode fazer a respeito? — eles discutiram entre si. — Se puxarmos uma briga e lutarmos com ele, então sete de nós cairão a cada golpe. Isso não será bom para nós.

Eles chegaram a uma decisão e foram todos juntos ao Rei pedir sua exoneração.

— Jamais quisemos — eles disseram — servir com um homem que mata sete em um só golpe.

O Rei se sentiria mal por perder todos os seus fiéis servos por causa de um homem, e desejou que eles jamais o tivessem visto e, assim, teria se livrado dele se pudesse. Mas não ousaria exonerar o pequeno alfaiate por medo de que ele matasse toda a sua gente ou pusesse a si mesmo no trono. Pensou por um longo tempo sobre isso e enfim decidiu o que faria. Ele mandou chamar o pequeno alfaiate e disse-lhe que, como ele era um grande guerreiro, tinha uma proposta a fazer. Contou-lhe que em um bosque de seus domínios moravam dois gigantes que causavam muitos danos, por roubos, assassinatos e incêndios, e que nenhum homem ousava aproximar-se deles, pois temiam por suas vidas. Mas, se o alfaiate vencesse e matasse esses dois gigantes, o Rei lhe daria sua única filha em matrimônio e metade de seu reino como dote; e disse-lhe ainda que cem cavaleiros iriam com ele para lhe auxiliar.

Isso seria o bastante para um homem como eu!, pensou o pequeno alfaiate. *Uma linda princesa e metade de um reino não se acham todos os dias.*

E ele disse ao Rei:

— Ah, sim, eu posso sim vencer os gigantes, mas não preciso desses cem cavaleiros; aquele que pode matar sete com um só golpe não precisa ter medo de dois!

Então, o pequeno alfaiate partiu e os cavaleiros o seguiram. Quando chegou aos limites do bosque, disse à sua escolta:

— Fiquem aqui enquanto vou atacar os gigantes.

Ele correu para dentro do bosque e olhou em volta. Depois de um tempo, avistou os dois gigantes: eles estavam deitados sob uma árvore, dormindo e roncando tanto que todos os galhos balançavam. O pequeno alfaiate, muito vivo, encheu os bolsos de pedras e escalou a árvore, fazendo seu caminho até um dos galhos, de modo que estivesse logo acima dos dois dorminhocos. De lá, soltou uma pedra atrás da outra para que caíssem no peito de um dos gigantes. Por muito tempo, o gigante sequer notou isso, mas enfim acordou e empurrou seu companheiro, dizendo:

— Por que você está me batendo?

— Você está sonhando — disse o outro. — Eu não estou tocando em você.

E eles se recompuseram para dormir de novo. Então, o alfaiate deixou cair uma pedra no outro gigante.

— O que será isso? — ele gritou. — O que você está jogando em mim?

— Não estou jogando nada em você — respondeu o primeiro gigante, resmungando.

Eles discutiram sobre isso por um tempo, mas, como estavam cansados, desistiram e seus olhos se fecharam novamente. O pequeno alfaiate começou seu jogo novamente: escolheu uma pedra mais pesada e jogou-a com força no peito do primeiro gigante.

— Agora chega! — ele gritou, levantou-se como um louco e atingiu seu companheiro com tamanho golpe que a árvore tremeu acima deles. O outro pagou-lhe na mesma moeda, e eles brigaram com tanta fúria que arrancaram árvores pelas raízes para usar como armas um contra o outro, de forma que enfim ambos acabaram mortos no chão. Então, o pequeno alfaiate desceu.

— Mais um golpe de sorte... — disse. — Ainda bem que essa árvore onde eu estava sentado não foi arrancada, senão eu teria tido que pular como um esquilo de uma árvore para a outra.

Ele desembainhou sua espada, deu em cada um dos gigantes alguns golpes em seu peito e voltou até os cavaleiros, dizendo:

— Está feito, dei um fim em ambos. Foi difícil; na briga, eles arrancaram árvores para se defender, mas não adiantou. Eles tiveram de lidar com um homem que pode matar sete num só golpe.

— Então você não está ferido? — perguntaram os cavaleiros.

— De modo algum — respondeu o alfaiate. — Não me tocaram um fio de cabelo.

Os cavaleiros ainda assim não acreditaram e cavalgaram bosque adentro para ver. Lá, acharam os gigantes chafurdados no próprio sangue e árvores arrancadas por todo lado.

O pequeno alfaiate então reclamou seu prêmio prometido, mas o Rei arrependeu-se de sua oferta e buscou novamente ver-se livre do herói.

— Antes que possa possuir minha filha e metade do meu reino — disse ele ao alfaiate —, você deve cumprir um outro ato heroico. No bosque, vive um unicórnio que causa muitos danos; você deve prendê-lo.

— Um unicórnio não causa mais terror em mim do que dois gigantes. Sete em um só golpe! Esse é o meu jeito! — foi a resposta do alfaiate.

Então, levando consigo uma corda e um machado, saiu até o bosque e disse àqueles que foram ordenados a acompanhá-lo que esperassem do lado de fora. Ele não precisou procurar muito; o unicórnio logo veio e o ameaçou, como se fosse matá-lo sem demora.

— Calma, calma — disse. — Quando há muita pressa, é preciso ser cuidadoso e calmo.

Ele continuou em pé até que o animal chegasse muito perto, e então deslizou silenciosamente para trás de uma árvore. O unicórnio correu com toda sua força até a árvore e enfiou seu chifre tão fundo no tronco que não conseguia retirá-lo de novo, e assim foi capturado.

— Agora eu te peguei — disse o alfaiate, saindo detrás da árvore e colocando a corda ao redor do pescoço do unicórnio; ele pegou seu machado e soltou o chifre e, quando toda a sua comitiva se reuniu, guiou o animal e o levou à presença do Rei.

O Rei não quis ainda dar-lhe a recompensa prometida e deu-lhe uma terceira tarefa para cumprir. Antes que o casamento pudesse ser realizado, o alfaiate deveria aprisionar um javali que havia causado grande mal no bosque. Os caçadores deveriam acompanhá-lo.

— Muito bem — disse o alfaiate. — Isso é brincadeira de criança.

Mas ele não levou os caçadores até dentro do bosque, pelo que eles ficaram muito felizes, pois o javali já os recebera tantas vezes e de tal maneira que não queriam perturbá-lo. Quando o javali avistou o alfaiate, correu até ele com a boca espumando e as presas brilhantes prontas para derrubá-lo, porém o hábil herói correu para dentro de uma capelinha, que por sorte estava por perto, e pulou rápido por sobre uma janela do outro lado. O javali correu atrás dele e, quando entrou na capela, a porta fechou-se atrás dele e ele ficou lá, preso, pois era grande e pesado demais para pular pela janela também.

Então, o pequeno alfaiate chamou os caçadores para que eles pudessem ver o prisioneiro com seus próprios olhos. Ele foi novamente até o Rei, que agora, gostasse ou não, era obrigado a cumprir sua promessa e dar-lhe sua filha e metade de seu reino. Mas se ele soubesse que o grande guerreiro era apenas um humilde alfaiate, ficaria ainda mais insultado. O casamento foi celebrado com grande esplendor e pouca alegria, e o alfaiate tornou-se um Rei.

Uma noite, a jovem rainha ouviu seu marido dizendo em seu sono:

— Agora, garoto, me faça aquele colete e remende aquelas calçolas, ou vou bater com minha régua nos seus ombros!

Quando percebeu de quão baixa camada era seu marido, foi até seu pai na manhã seguinte e contou-lhe tudo. Ela implorou para que a libertasse de um homem que não era melhor do que um alfaiate. O Rei confortou-a, dizendo:

— Esta noite, deixe a porta de seu quarto aberta, e a minha guarda estará do lado de fora; quando ele estiver dormindo,

CARL OFFTERDINGER E HEINRICH LEUTEMANN

eles entrarão, o prenderão e o levarão até um navio, no qual ele será mandado até o outro lado do mundo!

A esposa ficou conformada, mas o aguadeiro do Rei, que estivera ouvindo tudo isso, foi até o pequeno alfaiate e contou a ele todo o plano.

— Vou impedir isso — disse ele.

À noite, ele se deitou como sempre na cama e, quando sua esposa pensou que ele estava dormindo, levantou, abriu a porta e deitou-se novamente. O pequeno alfaiate, que apenas a fizera crer que estava adormecido, começou a murmurar claramente:

— Agora, garoto, me faça aquele colete e remende aquelas calçolas, ou vou bater com minha régua nos seus ombros! Eu matei sete com um só golpe, matei dois gigantes, apanhei um unicórnio e capturei um javali selvagem; teria eu medo de quem espera fora da minha porta?

E quando eles ouviram o alfaiate dizer isso, um grande medo os acometeu; eles fugiram como se fossem lebres selvagens e nenhum deles ousou atacá-lo.

E, por toda a sua vida, o pequeno alfaiate continuou a ser um Rei.

As Doze Princesas Bailarinas

JACOB E WILHELM GRIMM

Die zertanzten Schuhe | Alemanha | 1812

ERA UMA VEZ um Rei que tinha doze filhas, cada uma mais linda que a outra. Elas dormiam juntas em um quarto, no qual suas camas ficavam lado a lado. Toda noite, quando estavam no quarto, o Rei trancava a porta e os ferrolhos. Mas de manhã, ao destrancar, ele via que os sapatos das princesas estavam desgastados de tanto dançar e ninguém conseguia descobrir como aquilo acontecera.

Então, o Rei proclamou que quem descobrisse onde suas filhas dançavam à noite poderia escolher uma delas como esposa e ser Rei depois de sua morte. Mas quem quer que se apresentasse e não o descobrisse em três dias e noites, perderia a vida.

Não demorou até que um filho de Rei se apresentasse e se oferecesse para tentar o feito. Ele foi bem recebido e, à noite, foi levado a uma sala adjacente ao quarto-de-dormir das Princesas. Sua cama foi colocada lá, e ele deveria observar onde elas iam para dançar. E, para que elas não fizessem nada em segredo ou fugissem para algum outro lugar, a porta do seu quarto foi deixada aberta.

Mas as pálpebras do Príncipe ficaram pesadas como chumbo, e ele dormiu.

Quando ele acordou pela manhã, todas as Doze tinham dançado, pois seus sapatos tinham buracos nas solas. Nas segunda e terceira noites, aconteceu a mesma coisa, e então sua cabeça foi retirada sem misericórdia. Muitos outros vieram depois disso e tentaram o feito, porém todos perderam suas vidas.

Contudo, um soldado, que tinha um ferimento e não podia mais servir, achou-se na estrada para a cidade onde o Rei vivia. Ali ele conheceu uma Velha, que perguntou aonde ele ia.

— Eu mesmo mal sei — respondeu ele e acrescentou, brincando: — Eu queria descobrir onde as Princesas dançaram até fazer buracos nos sapatos e me tornar Rei.

— Isso não é tão difícil — disse a Velha. — Você não deve beber o vinho que será trazido a você à noite.

Com isso, ela lhe deu um pequeno manto e disse:

— Se você puser isso, ficará invisível e, então, poderá seguir as Doze.

Quando o soldado recebeu esses bons conselhos, tomou coragem, foi até o Rei e anunciou-se como um pretendente. Ele foi tão bem recebido como os outros, e trajes reais foram-lhe cedidos.

Ele foi levado naquela noite, na hora de dormir, até a antecâmara e, quando estava prestes a se deitar, a mais velha

KAY NIELSEN

veio e lhe trouxe uma taça de vinho. O soldado se deitou, mas não bebeu o vinho.

As Doze Princesas, em seu quarto, riram. A mais velha disse:
— Ele também poderia ter salvado a própria vida.

Com isso, elas levantaram, abriram guarda-roupas, armários, gabinetes e tiraram lindos vestidos; vestiram-se diante dos espelhos, pularam felizes e regozijaram ante o prospecto da dança. Apenas a mais jovem disse:

— Eu não sei o que é isso. Vocês estão felizes, mas eu me sinto estranha. Algum infortúnio vai certamente acontecer conosco.

— Você é uma pateta que está sempre assustada — disse a mais velha. — Já esqueceu como muitos Filhos de Reis já vieram aqui em vão? Eu quase não precisaria dar ao soldado um sonífero; mesmo assim, o palhaço sequer acordaria.

Quando estavam todas prontas, a mais velha foi até a sua cama e deu-lhe umas pancadinhas. Ela imediatamente afundou sob a terra e, uma após a outra, elas desceram pela abertura, a mais velha indo primeiro. O soldado, que tinha observado tudo, não se demorou: pôs seu pequeno manto e desceu após a mais nova.

No meio do caminho escada abaixo, ele pisou no vestido dela. A caçula ficou aterrorizada com isso e gritou:

— O que é isso? Quem está puxando meu vestido?

— Não seja tão tola — disse a mais velha. — Você o prendeu num prego.

Então, eles desceram todo o caminho e, quando chegaram ao fundo, encontravam-se numa incrivelmente bela avenida de árvores, cujas folhas eram de prata e brilhavam e cintilavam. O soldado pensou: *Preciso levar uma prova comigo...*, e quebrou um galho de uma delas, o que fez um grande barulho.

A mais nova gritou de novo:

— Alguma coisa está errada! Vocês ouviram esse estalo?

Mas a mais velha disse:

— Foi um tiro de alegria por nos livrarmos tão rapidamente do nosso Príncipe.

Em seguida, eles foram a uma avenida onde todas as folhas eram de ouro e, depois, a uma terceira em que eram todas de diamantes brilhantes. O soldado tirou um galho de cada uma, o que sempre fazia um estalido; e, a cada vez que a mais nova recuava de terror, a mais velha sempre dizia que eram tiros de cumprimento.

Eles continuaram até chegar a um lago onde estavam doze pequenos barcos e, em cada um, estava um lindo Príncipe esperando por uma das Doze Princesas. Cada uma entrou em um, mas o soldado sentou-se com a mais nova.

Então o Príncipe dela disse:

— Eu não sei por que o barco está tão mais pesado hoje. Vou ter de remar com toda a minha força se quiser atravessar.

— O que poderia ser — perguntou a mais jovem — senão o tempo quente? Eu me sinto mais quente também.

No lado oposto do lago, ficava um castelo esplêndido e bem-iluminado, de onde ressoava a mais alegre música de trompetes e tambores. Eles remaram para lá, entraram, e cada Príncipe dançou com a jovem que amava, mas o soldado dançou com eles sem ser visto. E, quando uma delas estava com uma taça de vinho em uma mão, ele a bebeu, de modo que a taça ficou vazia no momento em que ela a levou aos lábios. A mais nova ficou alarmada diante disso, todavia a mais velha a mandou ficar quieta.

As Princesas dançaram até às três da manhã, quando todos os sapatos criaram furos e elas foram forçadas a ir embora. Os Príncipes remaram de volta até o outro lado do lago e, dessa vez, o soldado se sentou perto da mais velha. Na margem, eles se despediram de suas Princesas e prometeram retornar na noite seguinte.

Quando elas alcançaram as escadas, o soldado correu na frente e deitou-se em sua cama. No momento em que as Doze Princesas subiram vagarosas e cansadas, ele já estava roncando tão alto que todas podiam ouvi-lo, e elas disseram:

— Estamos tão a salvo quanto ele está condenado.

Elas tiraram seus lindos vestidos, guardaram-nos, puseram os sapatos desgastados embaixo das camas e se deitaram. Na manhã seguinte, o soldado resolveu não falar, mas observar os maravilhosos acontecimentos e, naquela noite, ele as seguiu novamente. Então, tudo foi feito como na primeira vez, e eles dançaram até os sapatos virarem frangalhos. Porém, na terceira vez, ele pegou uma taça como uma prova.

Quando chegou o momento de dar a sua resposta, ele tirou os três galhos e a taça e foi até o Rei, mas as Doze Princesas ficaram atrás da porta para ouvir o que ele diria.

O Rei então perguntou:

— Onde as minhas Doze Filhas dançaram até acabar com os sapatos no meio da noite?

Ele respondeu:

— Num castelo subterrâneo, com Doze Príncipes. — E relatou como tudo acontecera e apresentou-lhe as provas.

O Rei então convocou suas filhas e perguntou-lhes se o soldado dissera a verdade. Quando elas perceberam que tinham sido descobertas e que não adiantaria mentir, viram-se obrigadas a confessar. Diante disso, o Rei perguntou qual delas ele queria para sua esposa[14]. Ele respondeu:

— Eu não sou mais jovem, então me dê a mais velha.

Então, o casamento foi celebrado no mesmo dia e o reino foi prometido a ele depois da morte do Rei. Mas os Príncipes ficaram enfeitiçados por tantos mais dias quanto as noites em que haviam dançado com as Doze.

---

[14] Era comum prometer filhas a aventureiros, nobres e soldados corajosos, então muitos enredos tratam do mesmo tema. O casamento era visto como uma união de famílias acima do amor entre o casal. Esta prática ainda ocorre em algumas áreas do mundo. [N.E.]

A Princesa e a Ervilha

HANS CHRISTIAN ANDERSEN

Prinsessen paa Ærten | Dinamarca | 1837

ERA UMA VEZ UM PRÍNCIPE que queria se casar com uma Princesa, mas apenas uma Princesa de verdade serviria. Então, ele viajou pelo mundo inteiro para encontrá-la e, em todo lugar, as coisas davam errado. Havia princesas em grande quantidade, porém como poderia saber se eram Princesas de verdade? Algo não estava muito certo com todas. Ele voltou infeliz para casa, pois queria ter uma Princesa de verdade.

Certa noite, uma terrível tempestade irrompeu: raiou, relampejou e choveu. Era realmente assustador! No meio disso tudo, ouviu-se uma batida nos portões da cidade. O velho Rei foi abri-lo.

Quem estava lá fora senão uma Princesa? E que visão ela era em toda aquela chuva e vento! Água corria-lhe pelo cabelo

HANS TEGNER

para suas roupas e sapatos, e desembocava em seus calcanhares. Mas ela dizia ser uma Princesa de verdade.

Nós logo descobriremos, a velha Rainha pensou consigo. Sem dizer uma palavra, ela foi até seus aposentos, retirou toda a roupa de cama e pôs apenas uma ervilha sobre o colchão. Então, pegou mais vinte colchões e os empilhou sobre a ervilha; depois pegou vinte edredons de penas e os empilhou sobre os colchões. No topo de tudo, a princesa passaria a noite.

Na manhã, eles perguntaram a ela:

HANS TEGNER

— Dormiu bem?

— Ah! — disse a Princesa. — Não, eu quase nem dormi! Só os céus sabem o que há com aquela cama. Eu deitei em algo tão duro que fiquei roxa no corpo todo. Foi simplesmente terrível.

Eles puderam ver que ela era uma Princesa de verdade e não tiveram mais dúvidas a respeito, já que ela sentira uma ervilha através de vinte colchões e mais vinte edredons de penas. Ninguém exceto uma Princesa poderia ser tão delicada. Então, o Príncipe apressou-se e casou com ela, pois sabia que havia encontrado uma verdadeira Princesa.

Quanto à ervilha, eles a puseram em um museu. Lá, ela ainda está exposta, a não ser que alguém a tenha roubado.

Aí está, eis o que chamo de *uma história fantástica*.

A DANÇA DA FLORESTA

Juliet Marillier

Lançamento Wish

UMA OBRA INSPIRADA NOS ANTIGOS CONTOS DE FADAS

Há muitos segredos na Transilvânia, mas Jena e suas irmãs partilham o maior de todos: um portal mágico que lhes permite escapar da vida cotidiana no castelo Piscul Dracului. Nas noites de Lua Cheia, elas viajam para uma floresta encantada, onde dançam com misteriosas e bizarras criaturas fantásticas. Porém, com a chegada de um inverno rigoroso e a enfermidade de seu pai, as noites na Clareira Dançante e os negócios da família ficam ameaçados. Com a ajuda de suas irmãs e de seu melhor amigo, um sapo chamado Gogu, Jena precisará lutar para salvar não apenas aqueles que ama, mas sua própria independência.

Uma fantasia de Juliet Marillier vencedora de prêmios, ilustrada por Janaina Medeiros e impressa em capa dura. Juliet utilizou o conto *As Doze Princesas Bailarinas* como base para criar sua história.

448 páginas | Capa Dura | ISBN 978-65-88218-31-0

COLEÇÃO BAÚ DE PAPEL

Contos de fadas clássicos e populares
foi elaborado na fonte Artigo Book, e
impresso em papel Suzano Pólen Bold
70g/m² pela gráfica Ipsis.

Estes papéis provêm de origens
sustentáveis.